Justicia

Seix Barral Biblioteca Formentor

Janne Teller

Justicia

Traducción del danés por
Rodrigo Crespo

Título original: *Er du stolt af mig, Joanna?*

Seix Barral, un sello editorial de Editorial Planeta, S. A.
Avda. Diagonal, 662-664, 08034 Barcelona (España)
www.seix-barral.es
www.planetadelibros.com

Este libro se ha publicado con la colaboración de Danish Arts Foundation

Danish Arts
Foundation

Primera edición: octubre de 2025
ISBN: 978-84-322-4891-7
Depósito legal: B. 14.081-2025
Composición: Realización Planeta
Impresión y encuadernación: CPI Black Print
Impreso en España

I

ORGULLOSA

¿Estás orgullosa de mí, Joanna?

II

PARÍS Y BERLÍN

Sostengo la pistola frente a mí a la altura de los hombros, con cierta torpeza, en una postura extraña, como quien fuma por primera vez. Desagradable, agradable. Y muy necesario. El metal es cálido y ligero. Tengo la sensación de que mi mano está desentrenada, pero ninguna duda de que acertaré y lo mataré: está a tan solo tres metros y medio de mí. Es grande y corpulento, sudoroso, con pantalones oscuros, corbata gris, camisa blanca. Chaqueta oscura. Su boca se abre.

—Escucha —me dice—. Esto no va a solucionar... —Señala la pistola con una sorprendente calma.

—¿Y qué lo solucionará?

Sé que no cree que se me vaya a ocurrir. Y solo por eso puede que lo haga.

Arena y gaviotas. Sol.

Todo igual que antes.

Una gaviota se aleja de las otras saltando, extiende las alas. Es más oscura, más pequeña que el resto.

—¿Te importa que me quite la chaqueta?

La gaviota se eleva, con dudas, como probando el viento, la fuerza de las alas.

Asiento y sonrío. Por qué no, hace calor.

Un calor insoportable.

Vuela, pequeña gaviota, vuela.

Uno no debe enamorarse nunca de una mujer por sus palabras.

Yo lo sabía bien, desde luego.

Sin embargo, cuando eres un hombre que está en una cena, diciendo exactamente lo adecuado a la gente precisa, aunque tu deseo sea desprenderte del traje y convertirte en... eso, ¿convertirte en qué? Y resulta que las palabras de esta mujer pueden revelártelo. ¿Qué haces en ese caso?

Leí sus libros una y otra vez.

Todos se desarrollan en el mismo pueblecito estadounidense, probablemente un lugar en Carolina del Sur o Virginia, a juzgar por el clima y las cimas redondeadas de las cadenas montañosas. En aquel momento era lo más alejado de mi mundo. Yo era el embajador de mi altamente civilizado país europeo en la República Federal Alemana, otro país altamente civilizado. Aburrido. Me aburría. Era mi tercer destino como embajador y se consideraba un puesto de prestigio: la canciller Merkel había convertido a Alemania en el motor de Europa y mi país quería formar parte. Me eligieron para lograr que así fuese. Iba a París con toda la frecuencia que podía, y allí fue donde me topé con ella por primera vez. En todas las cubiertas ponía L. Yo la llamaba señorita L.

No es que formara montones exactamente.

Aquel día las mesas de W. H. Smith estaban llenas de otros títulos que no me interesaban, así que me adentré en la tienda, que el sábado por la tarde estaba repleta de gente. Tenía que apretarme contra las estanterías e ir de acá para allá entre otros clientes errantes. A medio camino, más o menos, una joven se dio de bruces conmigo. La cabeza vuelta hacia el otro lado, pero al menos se disculpó mientras recogía los libros que había perdido. Era muy guapa, pero había algo en su torpeza que la hacía poco atractiva. Intenté llamarla, pero no corrí tras ella para decirle que había dejado en el suelo uno de los libros, y en su lugar me agaché y lo recogí.

El hombre sin hija, era su título.

Lo que llamó mi atención fue la sencillez de la cubierta: gris, las letras en un gris más oscuro. Y su nombre. Desde luego que entonces no sabía que lo era, solo una L. Ni siquiera un punto.

No lo leí al instante. Había llevado conmigo una gran cantidad de documentos que tenía que revisar, además de un libro sobre la República de

Weimar. Llevaba destinado en Berlín menos de doce meses y había muchas cosas que todavía tenía que aprender. Había comprado también un grueso volumen sobre los Habsburgo. Es mi punto débil, la historia; pero es posible mejorar. Recorrí paseando la rue de Rivoli con los libros bajo el brazo, pasé con lentitud ante las espléndidas y doradas fachadas sin contemplar realmente nada, las conocía demasiado bien como para tener esa necesidad, disfrutaba sin más al sentir la cercanía de los numerosos y bellos objetos expuestos tras los escaparates que se sucedían sin fin.

Poco antes de llegar a la puerta del Louvre, en una pausa momentánea en el tráfico, crucé la calle, torcí hacia los soportales e inconscientemente gocé otra vez del contenido suspiro de mis tacones sobre el viejo granito, como si el tiempo transformase los ecos, los atenuase, los hiciese quizá menos huecos. Luego giré a la derecha, subí los peldaños de dos en dos, casi brincando, y la puerta se abrió.

El Café Marly no es el mejor escondite.

En realidad, es bastante común acabar ahí, pero eso no quita para que, de vez en cuando, disfrute en él de mi café de la mañana. Ya era primera hora de la tarde; no había podido salir de Berlín el viernes, como tenía previsto, y no llegué a París hasta el sábado a mediodía.

A las cinco de la tarde, el café está atestado y es más complicado fundirse con los sofás antiguos y admirar tranquilamente los frescos del techo. Los camareros andan más apresurados y demuestran, si cabe, más soberbia de la habitual ante la mayor parte de su clientela: los turistas. Hay una cosa que me gusta de los franceses, no hacen reverencias para complacer a los no iniciados. Me había dado una ducha rápida en el hotel y me había cambiado el traje de oficina por un atuendo menos formal, perfecto de pies a cabeza, sin duda; incluso sabía que el ligero perfume a roble húmedo, que era mi favorito desde hacía unos años, era totalmente adecuado. Saqué el *Le Monde* de la cartera y me sumergí en el periódico, consciente de que, incluso si ninguno de los camareros que me conocían trabajaba esa tarde, recibiría un servicio exquisito. Aprendí el francés años atrás en la *Ecole-de-Bilangue.*

Había acabado ya el café y el oscuro pastelito de chocolate con un perfecto equilibrio entre lo amargo y lo dulce e iba a dejar el periódico para sacar una pila de documentos cuando la sobrecubierta gris volvió a captar mi atención y mi mano se decidió a aferrar el libro.

La cubierta tenía un tacto rugoso, pero no rugoso y elegante, como podría esperarse, tampoco feo o barato, sino más bien sencillo. El color gris de fondo era luminoso, pero no dejaba de ser un gris muy normal y las letras estaban colocadas de forma armoniosa, pero en modo alguno artística. La tipografía y el color gris se repetían en la tela con la que estaba encuadernado. Había algo en su sencillez que me fascinaba. Me refiero a que tiene que haber algún tipo especial de arrogancia o de ingenuidad para elegir un gris tan anodino al que apagarán todos esos lomos rojos, amarillos y dorados de las estanterías, como si justamente esa novela tuviese más que contarme, y, por lo tanto, no necesitara llamar la atención.

No debía recoger a Christine hasta las nueve, así que pedí otro café y comencé a leer.

> Cuando la nieve cae en la cordillera Azul, el silencio te atrapa.

Dejé el libro.

Hace tiempo estuve recorriendo la cordillera Azul con mi mujer, Ursula. La nevada era densa. Silencio. El silencio era denso. Podríamos habernos detenido en alguno de los múltiples *bed-and-breakfast* locales. Pero no lo hicimos. Al final nos quedamos atascados y tuvimos que esperar veinte minutos antes de que pasara un automóvil y otras dos horas a que un camión nos sacase. Paramos en el motel más cercano y nos vimos obligados a permanecer allí tres días, al cabo de los cuales el tiempo mejoró de repente y pudimos continuar nuestro viaje. Nuestro matrimonio no mejoró nunca, pero no fue por la nieve. Ni por el motel. Es una de esas cosas que sucedieron allí en vez de en otro lugar.

Leí unas páginas más, luego un capítulo y por fin el libro entero. Una cuarta parte antes de regresar a mi hotel; me senté en la *chaise longue* tapizada de terciopelo de mi habitación y seguí leyendo. Me sentía extrañamente intranquilo y de buen humor al mismo tiempo, no sabía por qué. No tenía mucha historia, era francamente sencilla, sobre un matrimonio anciano de una ciudad pequeña que se echan en cara mutuamente una vida de reproches. Se ha contado ya muchas veces, pero en cierto modo los protagonistas eran distintos, la perspectiva, o quizá el modo en el que se contaba. Estaba tan inmerso en la lectura que se me pasó el tiempo y apenas pude ir al baño y cambiarme de ropa antes de salir y subirme a un taxi.

Su hija había muerto.

Las tardes en París son tan hermosas que siempre me pregunto cómo puedo vivir en otra parte.

Centelleantes, auténticas y azules.

Llego tarde, pero Christine no lo menciona; tan solo se muestra un poco más reservada que de costumbre. Me gusta que no me recrimine nada, pero hoy me molesta por alguna razón. Vamos, échame en cara que me haya retrasado y acabemos de una vez, me apetece decirle. No lo hago.

—Venga, vamos a Laurent —le propongo.

A mí me parece feo. Tiene la nariz muy grande y la boca demasiado ancha. Los labios rojos, nunca confíes en un hombre de labios rojos, Joanna. No deberías haberlo hecho, debería habértelo dicho. El pelo rojizo, ondulado, demasiado largo para sus años. Un alemán que parece polaco. Lo peor de lo peor, ¿no te parece? ¡Escucha! El hombre de lengua funambulista, tu padre con las palabras exactas, la corrección nunca traicionada, ¿qué ha sido de él?

Escucho las olas, las veo romper contra la orilla, el agua blanca que en silencio baña la arena amarilla, oigo las piedrecillas que rascan unas contra otras antes de que el agua vuelva a devorarse a sí misma. Una y otra vez. Una estrella de mar varada se enrosca y se despliega al ritmo regular de los movimientos del agua. La veo enroscarse, desplegarse. Veo las gaviotas, las oigo, las alas agitándose, los picos chillando. Veo a lo lejos los petroleros, los veleros más cerca de la costa, la chiquilla que camina por lo alto de un muro con los brazos extendidos como alas, como una gaviota. Batir de alas.

Vuela, Joanna, vuela.

A Christine le gusta Laurent.

Reconozco que a mí también. A pesar de toda su pompa exagerada y de sus altivos camareros y clientes, allí te sientes especial. ¿O es justamente su pompa exagerada y su estirada altivez lo que te hace sentir especial? La comida no está a la altura de las sensaciones y los precios desorbitados, pero, con franqueza, ¿en qué restaurante de moda lo está? Además, gano lo suficiente para poder disfrutar de todo ese tinglado sin tener que pensar en ello. Sin embargo, esta noche hay algo que me irrita de ese opulento escenario. El servicio lento, cuidadosamente coreografiado, que se desarrolla según una jerarquía clara (la matrícula del cuerpo diplomático nos asegura la cúspide), las explicaciones farragosas sobre la algo menos farragosa comida y, sobre todo, Christine.

Christine es perfecta.

Christine tiene una pálida piel de aceituna, el cabello muy suave y rubio, es alta, delgada, elegante y, ante todo, discreta. La discreción es una parte de su elegancia. Como si el sonido no tuviera nada que ver con el cuerpo que se desliza por el salón y se sienta en una silla, o con la mano que con parsimonia lleva hasta su boca el tenedor y los pequeños bocados de comida cuidadosamente escogida. Digo pequeños y no mínimos porque también en esto Christine es perfecta: come de verdad.

Las voces elevadas de una pareja de americanos llegan desde una de las mesas del rincón. No es que discutan. Tan solo hablan como suelen hacerlo. Christine siente vergüenza. Se estremece, casi imperceptiblemente, y sus hombros estrechos se juntan un poco más cada vez que le llega el fragmento especialmente potente de una frase.

Nunca se le ocurriría hablar de ello. Y es, otra vez, algo que en condiciones normales me admiraría; pero hoy me irrita su estremecimiento silencioso, como si su elegancia me estuviera exigiendo algo que no sé cómo voy a poder satisfacer. Bueno, no es totalmente cierto, pues no en vano, durante mi infancia, pasé siete de mis años formativos en esta ciudad, en la que mi padre ocupaba un alto cargo en una multinacional. Las escuelas de París son duras y exigentes, pero las enseñanzas son impagables. Aprendí a hechizar a cualquier mujer en cualquier situación.

Normalmente, llegados a ese punto ya le habría pedido al camarero que llevase a la mesa de los americanos una botella de algún tinto exquisito y caro con un amable ruego: ¿Podrían, tal vez, bajar un poco la voz en consideración a mi acompañante, *una cantante de ópera que acaba de someterse a una operación de oído, demasiado sensible, estoy seguro de que lo entenderán...*?

Pero hoy no lo hago y, en su lugar, pido para nosotros otra botella de un exquisito y caro tinto y me pregunto si en algún momento Christine se vendrá abajo.

Tiene treinta y ocho.

—Algún día me gustaría volver a la cordillera Azul —digo sin la menor idea de si realmente pienso lo que estoy diciendo.

Se lo digo a la pareja americana con la que nos tropezamos en la entrada del restaurante. Christine se escabulle a los aseos y yo espero a que me traigan los abrigos del guardarropa. La pareja americana ríe. El hombre es alto y corpulento, la mujer un tanto sobremaquillada y sus risas desenfrenadas, tajantemente antifrancesas. Incluso los suelos de mármol parecen devolver de mala gana el eco de sus tacones, como si los incomodase la torpeza de esos pies extranjeros. Pero en su franqueza hay algo atractivo que me obliga a preguntarles de dónde son.

Y fue en ese momento cuando pronuncié mi frase sobre la cordillera Azul.

—Manassas —dice la mujer y, como respondiendo a mi elevación de cejas, añade—: Justo al sur de Washington, D. C., pero vivimos en Lexington la mayor parte de la semana.

El hombre me da su tarjeta de visita cuando oye que estoy destinado en Berlín. Es profesor de Ciencias Políticas, especializado en las relaciones europeas y estadounidenses con Oriente Medio. Yo le doy la mía.

Christine regresa y le tiende la mano a la pareja. De nuevo, me estremezco ante lo que normalmente admiraría: la imperceptible vacilación, la contracción de sus hombros y la lenta, ni amistosa ni antipática, cortesía con que extiende la mano.

Por un momento, la pistola apunta a su ojo derecho. Le tiembla el párpado contra el sol.

Me corre el sudor por la espalda y hace que me pique la piel. O tal vez sea un presentimiento.

Esa noche le hago el amor con los ojos cerrados.

Estamos en mi habitación. Christine tiene un magnífico apartamento cerca del Panteón, en el distrito V, pero siempre pasamos la noche en mi hotel. Tiene un hijo de ocho años, y aunque siempre se preocupa de que esté con su padre o sus abuelos cuando nos vamos a ver, es evidente que no tiene intención de dejar que nuestra intimidad invada la de su hogar.

Es la amante perfecta. Seguramente también la madre perfecta. Y sin duda la oncóloga perfecta. No sé mucho de su trabajo, nunca habla de él, pero la perfección con la que hace todo lo demás me indica que también desempeña su profesión de forma intachable.

Con los ojos cerrados, la imagino llorando.

El domingo por la noche vuelvo a Berlín.

Habíamos tomado el *brunch* en el hotel con toda parsimonia, habíamos visitado la exposición retrospectiva titulada «Melancolía» en el Grand Palais y disfrutado por la tarde de una comida ligera en Le Berkeley cuando un asunto repentino me reclama en la embajada: ya no puedo quedarme hasta el lunes por la mañana, como estaba previsto.

Conduzco a gran velocidad.

Es como si de repente necesitara alejarme para ir a otro lugar, aunque no tengo ni la menor idea de adónde. Como si quisiera escapar de mi propia piel.

Ya ocurrió una vez.

Estaba en el aeropuerto cuando bajaron el féretro del avión.

Yo llevaba un traje oscuro, habría querido vestir de otra forma, pero no sabía cómo. El ataúd era blanco. Yo lo había pedido así. A tu madre le habría gustado, pensé. No estaba en condiciones de preocuparse de eso. El féretro, tú, fue transportado sobre una estructura metálica con ruedas hasta el hangar en el que yo esperaba, junto con el conductor del coche fúnebre. Cuando se acercó a mí de aquel modo, me invadió el deseo de correr, de vomitar, de encontrarme en cualquier lugar diferente de aquel en el que estaba. Tuve ganas de arrancarme el traje, de arrancarme la piel.

—Ya no eres mi padre. Podrías haberlo sido. Podrías haber sido algo. Algo serio. Pero no eres nadie. ¡Don nadie con traje de vestir!

Diste media vuelta y te marchaste, y desde ese momento no volví a pensar en ello, solo pensé que te había dado otra de tus rabietas. Que se te pasaría y volverías cuando necesitases dinero.

Ahora oigo esas palabras una y otra vez. Llevaba cinco meses sin verte. Era el jefe de la Oficina de la ONU para Oriente Medio.

Las últimas palabras que me dirigiste.

Firmé los papeles de recepción del féretro de forma automática, sin pensarlo, sin leerlos. Me subí al coche fúnebre e hicimos el breve recorrido hasta el otro avión, el grande, el que nos llevaría a casa.

Me ofrecieron tres meses de permiso, un destino diferente, un psicólogo especializado en traumas. Lo rechacé. Creía en lo que hacía.

Te enterramos un lunes. Todos tus amigos estaban allí, gentes de todo el mundo. Las necrológicas ocuparon los diarios desde Egipto a Estados Unidos pasando por Europa. Ninguna te hizo justicia. Lo único que sabían era cómo habías muerto. Mi pequeña, que montaste en bici por primera vez, caíste y volviste a caer y de nuevo diste contra el duro asfalto sedoso, y ni una sola vez te quejaste. Te limpiabas la sangre de las rodillas y continuabas. Ni siquiera le hicieron justicia a tu muerte.

Te quiero, Joanna.

Tengo una foto tuya en mi escritorio.

Tu madre dijo que tenía que ir a Washington para averiguar qué te había sucedido. Insistir.

—Los americanos lo saben —dijo.

—No creo —fue mi respuesta—. Y, si es así, nunca me lo dirán.

—Tienes contactos —porfió.

Y así fue como acabamos en la cordillera Azul.

Sigo esperando que te levantes.

—Si mi muerte pudiese traerla de vuelta, yo mismo me quitaría la vida.

Está hablando. Ahora está hablando, es lo único que pienso. No lo escucho. Lo que escucho son las olas que rompen contra la tosca arena, el agua burbujeante, que hace rodar las piedras, antes de regresar, cuando está a dos pasos de mis pies. Las palabras llegan de cuando en cuando como unidades independientes. Entre las olas y algo que no estoy seguro de lo que es. ¿El chillido de las gaviotas? ¿El batir de sus alas?

Agua.

Aire.

Agua.

¡Imbécil! ¡Gilipollas! Y cosas peores que no sabía que conocía.

—Hazlo. ¡Venga, hazlo! Y acabarás en prisión, desde allí no podrás hacer nada por su memoria.

El sol está casi al nivel de mis ojos.

—Tenían que pararla.

Batir de alas.

Disparo, ¿debo disparar, Joanna?

No lloro en el vuelo que ese día nos lleva a casa. No acostumbro a llorar. Nunca lloro. Así que no sé qué debo hacer mientras, sentado en el coche, paso a demasiada velocidad por Colonia, Bielefeld, Hannover, y no puedo llegar lo suficientemente rápido a Berlín, donde me espera el trabajo. Recuerdo el dorso de tu mano, que con un movimiento displicente se secaba la humedad de las mejillas, como si caerse del castaño sobre los baldosines del patio no fuera motivo suficiente para llorar.

Eso es lo que ahora hago.

No tenías razón.

Joanna, Joanna.

La pequeña Joanna, de un metro sesenta y ocho de altura, pero pareces más alta por tu delgadez. Una muchacha flaca con cuerpo de gorrión, vaqueros desteñidos y una camiseta amarilla tan mugrienta que me habría avergonzado si no estuviera doblado y vomitando. Vomito por todo el sofá de terciopelo marrón.

La voz de tu madre que me chilla y grita cosas que no me llegan. *Imposible*. Es la palabra que recuerdo. Y la única frase que oigo.

—Mira, tu hija es imposible. Quiere que todo el mundo la vea. ¡Esa chica! Imposible...

Levanto la cabeza y me encuentro con la misma imagen: una chica menuda como un gorrión, una mujer joven, menuda como un gorrión, que camina haciendo equilibrios sobre el muro de cemento de siete metros de altura. Lleva los brazos extendidos, para que pueda leerse claramente lo que hay escrito en su camiseta, sobre el pecho:

LOS MUROS SON LA GUERRA

Se queda quieta y después, lenta y cuidadosamente, se gira sin perder el equilibrio en ningún momento, se sienta con las piernas cruzadas y dando la espalda a las cámaras y a todo un mundo de espectadores. En el reverso de la camiseta dice:

LAS PALABRAS SON LA PAZ

Esta vez, vomito sobre el parqué.

La imagen de las palabras y la camiseta amarilla se desvanece y da paso al rostro con forma de corazón del locutor asiático, que continúa con otras noticias.

Todos nuestros teléfonos comienzan a sonar. No respondo.

Por la noche, en Berlín, releí el libro.

Quería descubrir su secreto. Lo único que saqué fue un dolor de cabeza que me acompañó durante dos días. No podía dormir. No podía comer.

¿Qué había en esa somnolienta ciudad cubierta de nieve de la novela de la señorita L que tanto me fascinaba?

¿O era la frase?:

> La línea entre los hombres despechados y las mujeres celosas es fina como un cabello y lisa como un espejo.

¿Podía ser ella?

Unos días después, todo vuelve a la normalidad. Trabajo, juego a *squash*, como. Duermo. Echo de menos a Christine. Y, sin embargo, tengo la sensación de que algo ha cambiado. Estoy intranquilo. Tal vez no intranquilo, sino distraído. Es como si tuviera la necesidad de que ocurra algo. Algo distinto. Me pregunto si es hora de establecerme de nuevo en un hogar de verdad, e invitar una semana a Christine.

Cuando viene, solo puedo pensar en cuándo se va a ir.

En esos momentos quiero marcharme, pero tengo demasiado trabajo como para ausentarme durante largos periodos. Al menos me mantiene ocupado. Pero algo ha cambiado. Ya no me interesa como antes.

El divorcio de tu madre ocurrió hace cuatro años. Que no parece suficiente. Christine es intachable. Incluso en la forma en que se quita los tacones y se pone botas cuando llueve. Tal vez las nubes nos hicieron un favor. Había llovido toda la semana en Berlín, y le habría pedido que se casara conmigo si no hubiera sido por las botas. No fui capaz de decidirme, y al final de la semana resolvimos ir cada uno por su lado.

El divorcio ocurrió hace ya cuatro años, y un año después de ti. Lo cierto es que tu madre y yo nos separamos el mismo día en que te llevé a casa desde los Territorios Ocupados. Sus ojos, que no me miraron, ya nunca más lo harían.

¡No fue culpa mía!

Es solo una de esas cosas que ocurren. Consecuencia del conflicto. Envían los recuentos al cuartel central. Tú eras uno más: mi hija, Joanna. Año 2013, número 41. Primer escandinavo.

¿Ves?, todavía lo recuerdo.

Tus dos hermanos trabajan hoy en día en Nueva York. Wall Street. Han llegado a algo.

Te echo de menos, Joanna.

Cuando llego a la cabaña todavía está oscuro, pero ya no es noche cerrada. Hay en el horizonte una línea gris que lanza un destello casi desagradable, pero justo lo suficiente para poder distinguir un árbol de otro. Al recorrer el estrecho sendero, al que las copas dejan en penumbra, siento al menos la satisfacción de haberme acordado de traer una linterna. El marcado cono de luz ayuda a mis pies a asentarse mientras bajo la colina, entre las piedras recubiertas de musgo, las raíces nudosas, un par de grandes ramas y muchos troncos caídos. Probablemente no haya venido nadie por aquí desde el verano. El lugar es perfecto para su propósito. A kilómetros de la carretera principal y bien oculto del sendero gracias a los árboles. Incluso en esta época del año, con pocas hojas en las ramas, los paseantes no pueden divisar el aparcamiento. Y la caminata ladera abajo, hasta la cabaña, que está casi en la ribera del río, es demasiado larga como para poder regresar hasta los coches de una carrera.

Pasarán días, quizá semanas o incluso meses, antes de que alguien sospeche que hay algún problema.

Yo, que, por cierto, nunca he pescado, saco los aparejos de pesca. Lo básico. Las cañas ya las he llevado al porche. Las botas de goma, los guantes y los recipientes para las capturas todavía están en el maletero, junto con mi equipaje. En cuanto clarea, vuelvo para recogerlos.

A primera hora he dejado la habitación del hotel. No quería que nadie me viese, o que alguien me preguntase. Para eso están los aparejos. Lexington es una ciudad pequeña. Todos se conocen: es cierto que soy de fuera, pero ya llevo aquí lo suficiente como para que me reconozcan.

«Algo oxidado, tengo que volver a coger práctica», dije al comprar la pistola. Y era verdad. Mientras un débil sol anaranjado se alza lentamente sobre los árboles semidesnudos y tras las cadenas montañosas de un gris azulado, y aún antes de hacer café, localizo un viejo tocón que parece ser el resto dejado por un rayo, desenvuelvo la flamante Glock 17 y disparo una y otra vez a la franja negra de madera quemada. Luego apunto a las hojas muertas que penden de las ramas. Tras unos veinticinco o treinta disparos, considero que he recuperado la mano. Hay ciertas cosas que uno no olvida: por fin me resulta de alguna utilidad haber sido de joven oficial en la reserva.

Vuelvo a la cabaña, recargo la pistola y la guardo en el bolsillo de la chaqueta. Pongo café y agua en la agrietada cafetera y la enciendo.

Tengo suficiente munición para los dos.

La respuesta a lo que te había ocurrido no estaba en Washington, pero en ese momento yo aún no lo sabía.

Estuve todo un día en el Departamento de Estado, recorriendo despachos, uno tras otro, reuniéndome con altos y comprensivos funcionarios, uno tras otro, e incluso siendo invitado a tomar un café rápido en el despacho del director general, donde recibí el más sentido pésame y la garantía de que el Gobierno de Estados Unidos haría todo lo que estuviera en sus manos para llegar al fondo del asunto. El *asunto* era tu muerte.

Y los creí. O no, lo hice y no lo hice. Conozco la diplomacia, es mi trabajo, mi mundo. Una parte del cual es emitir declaraciones tranquilizadoras. Sí, son sinceras, expresiones de genuina compasión. Pero no, no son promesas de que en algún momento algo menos agradable vaya a ver la luz del día. Uno debería saber cuál es la diferencia, y yo la sabía.

Tu madre me esperaba en el hotel después de encontrarse con algunos viejos amigos. Apretón de manos. Miradas al vacío. El fin de semana fuimos a pasarlo a Lexington y a ver tu tumba de cuatro meses de antigüedad, sin saber que había avisos de tormentas de nieve.

Cuatro días. Estuviste subida a ese muro cuatro días.

No fui allí.

No esperabas que lo hiciera, ¿verdad? No, sé que no lo esperabas. Pero esperabas algo. No me esperabas a mí, ¿pero sí algo?

¿O a alguien?

Habrías ido, independientemente de lo que yo hubiera podido decir.

Yo tendría que haber ido hasta allí.

Sin perder un momento.

Fui, pero demasiado tarde. Eso fue lo que me dijeron cuando aterricé en Heathrow, en Londres, para cambiar de avión. Siempre quedará en mi memoria la sala de espera del aeropuerto. El funcionario que me pidió que lo acompañara, el uniforme azul oscuro, que no recordaba exactamente si era el que llevaba el personal de seguridad o la tripulación. Las amplias butacas de cuero. El suelo de baldosas grises. Los pasillos pintados de blanco. Las ventanas que no podían abrirse.

Las noticias del canal veinticuatro horas que pudieron verse en las pantallas de la sala vip no habían informado de nada nuevo.

El locutor no había dicho nada que yo no supiera: que la zona estaba cerrada a periodistas y curiosos.

No sé si el tiempo que la noticia tardó en llegar desde el lugar de los hechos a la emisora de televisión fue el mismo que mi recorrido desde la sala de espera, bajando por unas anodinas escaleras mecánicas, pasando por unos anodinos pasillos de aeropuerto, hasta que en un igual de anodino despacho, cerrado a cal y canto, del jefe de seguridad me pasaron el teléfono, o bien si las autoridades de ocupación esperaron a hacer pública la noticia hasta que supieron que yo había recibido la información. No hay duda de que sabían que estaba de camino, no hay duda de que sabían exactamente cuándo aterrizaría en Heathrow mi vuelo procedente de Newark, cuánto tiempo tardaría en desembarcar y en qué momento de mi escala era más probable que estuviera tomando mi café de la mañana en la sala vip de British Airways, desesperado por ver las últimas noticias de la CNN.

Sé que fue en ese momento cuando el funcionario llegó para acompañarme.

Sé que el momento en que me lo contaron fue cuatro minutos y medio después.

Pedí otros dos de los libros de la señorita L.

Los títulos no delataban nada de su contenido. Uno se titulaba *El hombre inquieto*; el otro, *El tejado risueño*. Había escrito cuatro, pero el último, *El secreto sagrado*, que, en realidad, era su primer libro, estaba agotado y tendría que dedicarme a buscarlo en las librerías de viejo la próxima vez que fuera a Nueva York.

Con impaciencia, aguardé los siguientes dos días, pero cuando por fin llegaron, ya casi los había olvidado. Sin darme cuenta, me había visto envuelto en una dura lucha de poder dentro del ministerio: mis gestiones con el Gobierno alemán en relación con su papel en la UE, ¿en qué medida pertenecían a la Subdirección General de Países de la Unión

Europea o a la Dirección General de la UE? Puede parecer una aburrida nimiedad, pero es de mucha trascendencia; con el tiempo se convierte en una cuestión de estatus y promoción para las personas con responsabilidad en los diferentes departamentos. Para mí era un tema de influencia. Es preferible informar a la Dirección General de la UE porque es un departamento mayor y de más importancia para el Ministerio de Exteriores, que tal vez así tenga más en cuenta mis recomendaciones, que si informo a la oficina de Alemania. Por otro lado, justamente porque la de Alemania es más pequeña, y yo soy el maestro de ceremonias en la única pista que tiene ese circo, me tratarán mucho mejor y se preocuparán mucho más de que la colaboración con las oficinas de Francia y Gran Bretaña sea buena, de las que depende también el éxito de mis esfuerzos. Al final conseguí lo que quería: en los asuntos que afectan directamente a la Unión Europea informaría a la Dirección General de la Unión Europea; en lo demás, incluyendo las relaciones bilaterales entre los países de la Unión, me comunicaría con la Subdirección General de Países de la Unión.

Soy muy bueno en lo que hago: sé cómo salirme con la mía sin enfadar a nadie.

> La gente suele estar inquieta la primera vez que llega a esta ciudad —decía la primera frase del libro—. Ese hombre extraño era más inquieto que ninguno de los que yo había visto hasta entonces.

Se marchará antes de setenta y dos horas, o bien sienta la cabeza y se queda el resto de su vida, pensé. Y me equivoqué en las dos cosas: se quedó y siguió siendo inquieto.

Cerré el libro y miré la cubierta. ¿Quién comienza una novela desvelando al momento el misterio de su título? El libro era azul, un azul marino no especialmente llamativo, con el monigote de un hombrecillo sombreado en el centro con trazos simples, el título en letras negras sobre el hombre y la L colocada en todo el margen izquierdo y la parte inferior de la cubierta, lo que le daba un simpático efecto de un medio marco. Era sencilla, como la de la novela encuadernada en gris, pero dejaba una impresión totalmente diferente, en cierto modo, sombría.

No estaba muy seguro de que me fuese a gustar ese libro. La señorita L me tenía desconcertado.

Tardé en leerlo más de dos semanas. Estaba desbordado de trabajo y de otras cosas pendientes de leer, por lo que no disponía del tiempo que había tenido para sumergirme en el primero. Además, era más largo. Y tampoco tuvo en mí el mismo efecto.

Cuando acabé la última página y cerré el libro, era octubre y se acercaba el día que siempre intento evitar.

Espero.

Espero, primero me siento en el incómodo banco de madera de la cocina, luego, a medida que el sol va ganando fuerza y cambia lentamente del morado a un débil amarillo grisáceo como el yeso, pasando por el naranja, me traslado a la desvencijada tumbona del porche.

Una mantita, algunos cojines y la taza con el café que acabo de preparar... y casi se está bien aquí. Los pájaros han comenzado a cantar sus delicadas melodías, pájaros que pasan aquí el invierno, no estoy seguro de qué especie son. Aletean en el árbol que hay a mi espalda, pero yo no me vuelvo y mantengo la vista en el río.

Cuando eras pequeña pasábamos todos los veranos en la costa norte de Selandia, en nuestra casa de campo de Tisvildeleje. Independientemente de dónde estuviera destinado, Tisvilde era un punto de referencia inamovible. Cuatro semanas. Estaba lo suficientemente cerca de Copenhague como para poder ir al ministerio cuando tenía necesidad y, sobre todo, teníamos una playa infinita con poca gente. Así pasaban los días, nuestra mejor época, cada verano desde tu primer hasta tu decimoctavo año. El mes de julio.

Arena, sol y gaviotas.

Como debe ser.

Escucho a los pájaros, a los que no puedo ver. No quiero ver y cierro los ojos para seguir creyendo que son lo que no son.

Puedo fácilmente olvidar por qué estoy sentado en el porche de una cabaña de pescadores olvidada de la mano de Dios, contemplando el lento fluir del río, la niebla disipándose con lentitud, mientras clarea la mañana de diciembre.

Decidimos enterrarte en la ciudad en la que habías estudiado y donde después, a intervalos regulares, habías trabajado, sin mencionar en ningún momento nuestra esperanza: que no demasiada gente estuviera dispuesta a viajar tan lejos. Nos equivocamos. Aparecieron cientos, tal vez miles de personas. Algunos por razones políticas, otros por mor del espectáculo, y también gran parte de tus amigos. No sabía que tuvieses tantos, aunque muchos de los que se presentaron como tus amistades no lo eran. Pero de eso solo me di cuenta mucho después.

Del mismo modo que solo más tarde me di cuenta de que tal vez allí se me estuviese ofreciendo ya una respuesta, o al menos el comienzo de una.

«La línea entre los hombres despechados y las mujeres celosas es fina como un cabello y lisa como un espejo.»

Eso fue lo que una de las asistentes, una de tus amigas, murmuró al estrecharme la mano para darme el pésame junto a la tumba. La cabeza baja, la cara medio cubierta por una abundante y caótica masa de pelo rubio oscuro; por un momento creí que no había oído bien, que lo que había mascullado era uno de los compasivos tópicos que se esperan en este tipo de ocasiones, igual que el resto. Luego me soltó la mano, levantó la cabeza, se echó el pelo hacia atrás y por un breve, casi inexistente segundo me miró a los ojos con el suyo derecho, que había quedado liberado del cabello. Y en lo profundo de su contraída pupila gris oscuro había una rabia que me convenció de que sí que había oído correctamente. El instante pasó y el siguiente de la fila me explicó lo mucho que lamentaba tu fallecimiento.

«¡Demasiado joven! Una pérdida irreparable.»

Y yo asentía mientras mi mirada intentaba no perder de vista la espalda de la mujer rubia por razones que no tenían absolutamente nada que ver con su atractivo extrañamente rebelde.

No la conocía y no la volví a ver. Había muchas personas en el entierro y estaba demasiado ocupado en los rituales fúnebres, superado por la situación, como para pensar claramente. Sin embargo, sin poder definirlo ni expresarlo con palabras, tuve la sensación de que algunos de los presentes compartían el conocimiento tácito de algo. Como un rumor no manifestado. En aquel momento, pensé que se debía a que nosotros, tú y yo, llevábamos mucho tiempo sin hablarnos. La gente tejía historias sobre ello.

Ahora, observando las palabras que ojeo en el libro que tengo delante, no puedo dejar de preguntarme si tendría algo que ver con alguna otra cosa, algo sobre lo que debería haber preguntado.

La línea entre los hombres despechados y las mujeres celosas es fina como un cabello y lisa como un espejo.

El Departamento de Estado norteamericano había dicho que daría más información. Y lo hizo, pero sin ninguna novedad: solo dijeron que no se podía hallar nada. Todo ocurrió como ya nos habían dicho:

Protestabas sobre el muro.

No querías bajar.

Te caíste.

Yo continué como antes. Tu madre me pidió el divorcio.

¿Algo más que no recuerde?

Son las diez en punto, poco más o menos, cuando oigo el crujido amortiguado de las ramitas al partirse bajo sus zapatos, que recorren el sendero cubierto de hojas. Me doy cuenta entonces de que no he oído la puerta del coche al cerrarse: estamos muy lejos del aparcamiento.

Bien.

Me levanto para saludarlo.

En mi escritorio, dentro de un cofrecito siempre cerrado, hay una llave. Tengo varios más, es un piso enorme, doscientos ochenta metros cuadrados, parqué en espiga y puertas dobles que llegan al techo, Charlottenburg, el Berlín histórico, idóneo para un embajador y su familia. Embajador sin familia. Mucho espacio para objetos de arte, algunos míos, otros del ministerio. Este cofrecito es tuyo. Está fabricado en caoba vieja, oscura y sin pulir, roto aquí y allá, con profundas tallas, incrustaciones de hueso de algún tipo indefinido. Encantador, pero probablemente sin mucho valor. A mis ojos, es único.

Era tuyo.

Igual que la llave.

Me despertaron a las 6.28 del 15 de noviembre de 2013.

No fui hasta allí.

Seguía con atención todo lo que pasaba en la pantalla. Tenía puestas las noticias en un bucle infinito, tanto en mi despacho como en casa, y siempre llevaba el teléfono en la mano y tenía la vista clavada en las últimas noticias, cuando estaba en cualquier otra parte.

Tenías un plan, de eso estaba seguro. Y tu plan era subirte allí, así que sé que también tenías un plan para bajar.

Siempre tenías un plan. Debías de tenerlo.

Te habrías puesto furiosa si hubiera intervenido. Eso lo sabía.

Lo sé.

Falleciste porque no fui hasta allí. Son palabras de tu madre. No es verdad. Sé que no habrías querido bajar aunque hubiese hecho el viaje.

Podría haber discutido, negociado, llorado, gritado, haberme encolerizado, haberte tentado o suplicado y rogado, no habría habido ninguna diferencia.

Yo tendría que haber viajado hasta allí.

Cuatro días. Durante cuatro días estuviste en lo alto del muro.

No fui.

No fui a tiempo.

Me despertaron a las 6.28 del 15 de noviembre de 2013.

—No hay comentarios —dije mientras me abría paso, entre una multitud de periodistas, hasta el coche que me esperaba después de haber pasado el control de pasaportes, la aduana y los controles de seguridad.

El representante local de la ONU que me recogió era de la India y no paró de hablar durante todo el camino hasta mi hotel. Estoy seguro de que lo hacía por cordialidad, palabras de condolencia, informaciones sobre lo que había que hacer, aspectos prácticos de los que su oficina ya se había hecho cargo, según me contó con orgullo. Todo ello era algo que necesitaba oír, pero a lo que no presté ninguna atención.

En este mundo nadie tiene respeto a la muerte. No solo los periodistas, la gente, sino tampoco el tiempo.

¿Quién puede volar a través de medio mundo para recoger el cadáver de su hija pocas horas después de haber sabido que ha muerto?

¿Quién puede enterrar a sus allegados pocos días después de haber fallecido?

¿Quién puede siquiera enterrarlos?

¡El tiempo no tiene respeto a la muerte!

Solo un shock lo tiene. Lo comprendí aquel día. La misericordia del shock.

Habían acordonado la zona. Alejado a los periodistas y a sus cámaras. Siete, ocho horas después, estabas muerta.

Una caída.

Así, sin más.

Tragedia.

El laberinto burocrático era paralizante, kafkiano. Pasaron dos días antes de que me autorizaran a verte. Otros tres más para poder llevarte a casa en aquel avión. Más de los que habías estado subida.

Me despertaron a las 6.28 del 15 de noviembre de 2013.

Este año decido ir a Lexington. Se le puede llamar una decisión repentina. No hay nada malo en ello. El lunes es festivo y, si antes adelanto trabajo, podré salir a primera hora de la mañana del viernes. Y tres días es realmente todo lo que necesito. No se me ocurre buscar su dirección, la de la señorita L. Solo quiero ser el hombre inquieto de Lexington durante unos días. Tengo cincuenta y nueve años y no me queda mucho más que hacer que lo que se me ocurra.

No creas que nadie me va a imaginar así, a mí, que me muevo por todo el mundo, que viajo constantemente, a menudo con nueva compañía, pero también con bastante frecuencia con la misma durante unos meses seguidos, siempre inmerso en un proyecto importante, una iniciativa política nueva, siempre moviéndome con nuevas ideas, siempre yendo a alguna rara exposición de arte, siempre ocupado en algún libro del que nadie ha oído hablar aún (pero del que pronto se hablará), siempre con una palabra amable y un minuto para aconsejar a los jóvenes de nuestra profesión. Ahí están sus hijos gemelos, hombres de negocios con tanto éxito que a menudo se los cita en las noticias financieras del mundo. Con una única tragedia terrible oculta bajo el traje, tú, la muerte de su única hija, Joanna, que ha sobrellevado con tanta entereza. Además, adquirió una lujosa casa para su exmujer, a la que sigue manteniendo económicamente, a pesar de que lo abandonó poco después de la muerte de su hija.

Sé que es así como se resume mi historia.

Soy yo.

Y así es.

Excepto un solo día al año: este.

III

BERLÍN Y LEXINGTON

Lexington es una ciudad pequeña.

Bueno, Lexington, Virginia. En otros estados hay otras localidades mayores llamadas Lexington. El centro de la ciudad consiste básicamente en dos calles de pueblo paralelas, con velocidad limitada, que atraviesan la población casi de lado a lado: Jefferson Street y Main Street, y en una serie de vías transversales aún más lentas. Además de eso, solo hay unos pocos caminos estrechos que serpentean a lo lejos en un sinfín de revueltas.

Casas de ladrillo de dos pisos, la mayoría de un rojo otoñal.

Imposible perderse. O, mejor dicho, debería ser imposible perderse.

Lo cierto es que, como todos los edificios del centro parecen iguales, uno se desorienta con sorprendente facilidad.

Hacia el este, como si fuera un vasto mar, la ciudad se vence de pronto hacia la Universidad Washington y Lee. Detrás de muros bajos, hasta donde alcanza la vista, se extienden amplias praderas de un verde intenso, junto a la imponente aula magna de ladrillo marrón, los amplios edificios de hermandades y sororidades vigilados por blancas columnas romanas, y las algo más modestas construcciones que albergan las facultades, que se alzan sobre la hierba como buques de diferentes tonelajes. Al sur de la universidad está el no menos imponente Instituto Militar de Virginia, con su correspondiente conjunto de praderas, algo menos verdes. Aunque el instituto está oculto tras altos muros y separado de la ciudad por Letcher Avenue; cualquiera que no tenga autorización para cruzar sus vigiladas puertas solo debe recorrer trescientos cincuenta aburridos metros.

Pero si se continúa el recorrido hacia el norte, atravesando las praderas de la universidad, el campus y las numerosas residencias de estudiantes, enseguida se avistan las franjas de caminos en miniatura que descienden suavemente la colina y dividen esa parte de la ciudad en pequeñas parcelas perfectamente rectangulares. Es la primera hilera de extrarradios de Lexington, que, como si de una fiesta de casas de madera de colores pastel se tratara, se extiende en una preciosa labor de retazos bordados con innumerables cerezos. Ahora no están florecidos, pero aún tienen restos de las hojas estivales, incluso en este mes de noviembre. Y, tras ellas, donde la costura regular se va convirtiendo en un difuso borde y los edificios se transforman en viejas casas de ladrillo y jardines irregulares y desmesurados diseminados al azar, vuelven a aparecer imperturbables los bosques y las colinas redondeadas.

No había ido para conocer a una escritora ni nada parecido. No soy de los que van por ahí persiguiendo a la persona que está detrás de un nombre. Ni siquiera buscaba en las caras de las mujeres con las que me cruzaba rasgos que pudieran ser los suyos.

Quería visitar el cementerio, es para eso para lo que he venido.

Pero no lo hago.

Lo único que hago es ir de un café a un restaurante y, de allí, al siguiente café, algo sencillo, teniendo en cuenta que ambos cafés están separados por una manzana y media, y el restaurante se encuentra prácticamente a mitad de camino entre ellos. Pronto me doy cuenta de cuánta razón tiene, la señorita L, me refiero: por la rapidez de la mirada se puede distinguir a un local de un visitante. Yo soy, sin duda alguna, un visitante: busco algo que no ocurre.

Camino y camino, con el libro de la señorita L en el bolsillo, de un café al otro, leo, bebo café, y buena parte del tiempo ni leo ni bebo café. Camino. Recorro la ciudad, oigo el mullido golpeteo de mis tacones contra las aceras perfectamente rectas, de un gris claro, construidas con grandes losas rectangulares de hormigón prefabricado que contrastan vivamente con la pintoresca parte antigua de la ciudad. Subo Main Street, tuerzo a la derecha en Preston Street, una sola vez sigo hacia el sur hasta llegar a McDowell's, luego de nuevo a la derecha en South Jefferson, paseo por alguna de las callejuelas transversales, regreso o continúo hasta donde Jefferson se cruza con North Main Street, y en una o dos ocasiones paseo junto a la academia militar en Letcher Avenue, y en otra atravieso el aparcamiento y entro en el campus de la universidad. Una sola vez me dirijo hacia el este cruzando Randolph Street hasta llegar a Hampton Inn, y otra recorro la larga carretera que sigue el curso del Woods Creek hasta The Golf & Country Club y luego subo por las colinas boscosas en las que ya no hay carteles indicadores, sino solo caminos de grava cada vez más estrechos y más bacheados e irregulares.

Eso fue el primer día. Y el segundo.

El tercero me voy.

Aunque mi vuelo no sale hasta última hora de la tarde, parto antes del amanecer.

Solo una vez no me desvié.

El cementerio conmemorativo de Stonewall Jackson* queda al sur de McDowell Street, ocu-

* Nótese que el cementerio conmemorativo de Stonewall Jackson en Lexington, Virginia, en septiembre de 2020,

pando el tramo sur de Main Street. Desde la esquina de Preston, hasta donde llegué en mis paseos, había visto las altas copas de los árboles, pero hasta que me aproximé no se me revelaron los bajos parterres de flores rodeados de piedras y la extrañamente azarosa constelación de viejas lápidas de la primera línea. Me quedé inmóvil durante largo tiempo sin avanzar. Conteniendo la respiración. Allí, congelado bajo los grisáceos rayos de sol de noviembre, sobre el oscuro camino de grava gris, el gran ramo de rosas rojas que llevaba en las manos me pareció, de repente, un elemento grotescamente extraño.

Si vivieras, no habrías querido estar allí, y sabía, con una convicción más allá de cualquier argumento razonable, que no albergaba ningún deseo de contemplar una piedra en lugar de a ti. Cerré los ojos y exhalé, casi silbando, me agaché y coloqué con cuidado las flores en la hierba junto al camino; luego me di la vuelta, seguro de que era infinitamente preferible sentir tu espíritu flotando en el aire, en algún punto entre el cielo gris azulado y el pavimento gris claro, mientras paseaba por la ciudad, a contemplar un rectángulo de hierba a los pies de un mármol pulido con tu nombre ar-

---

tras las protestas por el asesinato de Georg Floyd y las manifestaciones del Black Lives Matter, fue rebautizado como cementerio de Oak Grove (véase también la nota al final de este libro, en la p. 331).

tísticamente tallado en grandes letras. Junto a unas fechas completamente absurdas.

Hasta que, de vuelta hacia Washington, D. C., vi en la autopista el cartel que indicaba MANASSAS, no recordé a la pareja americana que había conocido en París con Christine. Había dejado Lexington de madrugada sin ninguna vacilación, aún algo afectado por el jet-lag como para encontrar bastante cómodo dejar el hotel y coger el coche a las cinco de la mañana, dando por completamente terminada la visita a la ciudad, por muy bonita y sureña... y de importancia histórica que fuese para Estados Unidos. Y por muy relacionada que estuviera con mi propia juventud. Y contigo. Pero ahora, sin pensarlo ni una décima de segundo, doy un volantazo hacia Manassas y me detengo en la primera gasolinera para telefonear.

Y entonces me derrumbo llorando.

¿Cómo podía pensar que me había llevado su tarjeta de visita?

Desde aquel día en París, no le he dedicado al profesor Brill ni un solo pensamiento.

He disparado a las nubes para que se abrieran. El sol me da en los ojos y durante unos segundos no veo nada, pero él no aprovecha la ocasión. Y tal vez por eso pierdo de repente las fuerzas, noto que me flaquean las piernas y me siento en el suelo pedregoso. El cañón de la pistola sigue apuntándolo. Pero inseguro. La mano apoyada en el muslo para sostenerla.

Él permanece de pie, nada más.

Me quedo largo rato en el asiento del conductor, temblando y agitado. Las manos aferradas con fuerza al volante, crispadas y transparentes como en un calambre. El dolor es insoportable como una centella que me sube por los brazos, me atraviesa los hombros, me abrasa los pulmones y me consume el corazón, mientras siento que un remolino incandescente formado por un millón de insectos me devora el estómago hasta convertirlo en lava.

Si tuviera un cuchillo, yo mismo me descuartizaría.

Me enterraría bajo montones de blanco hielo picado.

Me enterraría.

Parece una eternidad, luego, de repente, tan de repente como comenzó, se detiene.

El cuerpo se sosiega, el llanto va cesando y, al cabo de unos minutos, puedo soltar el volante, estirar los dedos, los brazos y las piernas y salir del automóvil. Atravieso el aparcamiento, entro en la tienda y busco el baño. Me lavo las manos y la cara con parsimonia y a conciencia, dejo que el agua fría me recorra las manos hasta que están blancas y casi despellejadas por el frío. En la barra pido una taza de café y un dónut y me siento en uno de los compartimentos recubiertos de un plástico rajado de color rojo, intentando que la bandeja tape las iniciales y los dibujos pornográficos tallados en la superficie de la mesa con un motivo de cuadros.

Respiro lentamente.

Mastico lentamente.

Bebo lentamente.

Y de un modo u otro, la masa de trigo azucarado, la mantequilla y la cafeína se combinan con el oxígeno y me devuelven en volandas a una sensación que me resulta familiar.

Los insectos han desaparecido, el corazón late con regularidad, los hombros vuelven a un equilibrio de paz espiritual.

¿Y?

Me acabo el café y llamo al despacho.

Estoy muy bien organizado, mi secretario archiva todas las tarjetas de visita, bien en mi carpeta de contactos personales, bien en la de los oficiales.

El profesor Brill tendrá mucho gusto en invitarme a un café en su despacho.

Dejo la destartalada gasolinera con su inacabable corriente de camiones y nadie más, giro en dirección sur a la I-66 y vuelvo exactamente por donde he venido.

Decido no volver a pensar en ti. Ya he pasado *mi* hora en el año. Quedan ahora once meses y medio hasta que vuelva a empezar a preocuparme por cómo pasaré el día, por cómo evitaré los calambres.

Sé que algún día daré con algo. En realidad, quiero decir que ningún espasmo te hará volver.

He bajado la mano que sostiene la pistola. Me siento ridículo de pronto. ¿Qué pensaba que iba a suceder?

No sucedió nada.

No echa a correr hacia ninguna parte.

Miro los árboles, altos y viejos pinos que no me hablan de nada, los robles, los jóvenes sauces, que se inclinan hacia delante. Y el agua que corre lentamente y refulge pertinaz bajo el risueño sol de diciembre. No sé cómo hacer esto.

¿Qué habrías hecho tú, Joanna?

Levanto de nuevo el arma.

Antes de llegar a esto, nos reunimos.

—¿Qué tal estás?

El saludo llega con una voz cálida y decidida, como si yo fuera un viejo amigo.

El del profesor Brill es como todos los despachos universitarios que yo he conocido y no es eso lo que a mí me interesa. He venido para hablar de las relaciones entre los alemanes, los americanos y Oriente Medio, y eso es lo que hacemos. El profesor Brill me había llamado sin éxito dos veces desde que nos encontramos en París, pero yo no le había devuelto la llamada.

—He estado ocupadísimo estos últimos meses —le explico ahora.

No parece guardarme rencor; me conduce por un pasillo hasta una cafetería que parece la de un hospital, aunque sorprendentemente bien surtida, y pide dos cafés.

—Bueno, ¿y adónde se dirige Europa? —me pregunta ya de vuelta en su despacho.

Es una pregunta compleja, pero sé a qué se refiere y le hablo de una Europa que, ante una inmigración masiva, se vuelve hacia el nacionalismo y hacia sí misma, una Europa en la que, curiosamente, solo la canciller Merkel de Alemania mantiene cierta firmeza moral, una Europa tan entrelazada con una historia de enfrentamientos bélicos y múltiples alianzas, tanto entre los países que la conforman como con el resto del mundo, que es casi imposible hallar una fórmula que le permita actuar como una unidad que pueda desempeñar el papel decisivo que le sería propio en el mundo moderno. Una Europa que no es capaz de ponerse de acuerdo en cómo y en qué medida debe intervenir en los Territorios Ocupados o tan siquiera si debe hacerlo, porque todas sus naciones tienen diferentes posiciones. Ante los conflictos, ante cualquier conflicto. Exactamente como siempre ha sido históricamente.

—Algo que no deja de sorprenderme es por qué Europa siempre se aferra de esa manera al pasado. Es como si estuvieseis anclados en vuestra historia. Olvidar los daños causados en el pasado, al menos temporalmente, es por supuesto una premisa para cualquier toma de decisiones racional... Sé muy bien, desde luego, que a este lado del Atlántico también tenemos nuestro porcentaje de errores —ríe—. Pero por aquí los dejamos atrás y seguimos hasta el siguiente...

Suena ofensivo, pero no es esa su intención y mi risa lo acompaña, a pesar de que creo que simplifica las cosas. Su amabilidad es contagiosa.

—No puedes obviar la historia —le digo, aún con una sonrisa—. Como profesor de Historia lo sabes mejor que nadie... Y especialmente si es una historia de muchos miles de años. Mira si no cómo os fue en Irak. Por no hablar de Panamá, Vietnam, Corea... —Abro los brazos.

—Y no olvides tú adónde llevó la historia a tu continente —interviene el profesor Brill—. El último siglo: ¿por dónde empezamos? La Primera... la Segunda Guerra Mundial, los Balcanes, por no hablar de vuestras colonias y las guerras contra la independencia de esas mismas colonias. Y desde entonces todas las uniones correspondientes con los restos de las colonias, o debería decir *desuniones*...

El singular baile de máscaras de Europa... Si uno se ve envuelto en él, se encuentra con un ovillo infinito.

De nuevo reímos largo y tendido, reconociendo tácitamente algo absurdo que nos supera a ambos.

—Me pregunto si es mejor o peor cometer errores al margen de la concepción sobre la superioridad moral e intelectual de tu propio país. O incurrir en ellos por lealtad a las tradiciones (o incluso aunque solo quede en ello costumbre y comodidad) según las cuales hay que honrar las viejas amistades y enemistades —le pregunto, mientras mi risa se convierte en tos y tengo que interrumpirme, para luego añadir—: Sea cual sea la respuesta, me gustaría saber si sirve tanto para las naciones como para los individuos.

Eso me lleva a pensar en la ligereza con la que los americanos cambian sus carreras, se mudan a la otra parte del país, sustituyen a amigos y conocidos. ¡Pero no de filiación política! Justo lo contrario de los europeos continentales, que estamos como encerrados en nuestros círculos culturales y sociales, nuestras carreras definidas y nuestra localidad de residencia. Y, sin embargo, da la impresión de que, en la mayor parte de la Europa moderna, en total contraposición a los americanos, nos resulta muy fácil cambiar nuestra afinidad política, dependiendo de hacia dónde soplen los vientos de la economía y las tendencias.

El profesor Brill sirve más café y continúa hablando. Hay algo en su sinceridad que me gusta, aunque al mismo tiempo me asombra. He estado el tiempo suficiente en Estados Unidos como para no sorprenderme de que abra una lata de cola y beba directamente de ella; cuando me ofrece, se lo agradezco, pero lo rechazo. Christine habría abandonado la habitación. Me pregunto cómo me verá con mi europea forma de sujetar el plato con una mano mientras cojo la taza con la otra. Es indiferente y seguro que lo pienso para evitar la única pregunta que me ha estado rondando por la cabeza todo ese tiempo.

—¿Y qué hacéis últimamente en los Territorios Ocupados? —pregunto al final.

—Es una pregunta complicada. —De nuevo se ríe con una carcajada ronca y rotunda.

Ambos somos muy conscientes de que con el actual presidente norteamericano las alianzas de poder han cambiado de forma clara en favor de las autoridades de ocupación y que eso no ha contribuido como es natural a una solución duradera del conflicto. Y también sabemos que los procesos de paz llegarán y desaparecerán, y que probablemente ninguno de ellos resolverá el problema mientras vivamos, porque hay demasiadas personas con más poder que sentido de la justicia interesadas en que no se solucione.

Los dos entrelazados para siempre: el poder y la historia.

No tenemos ningún motivo para fingir, así que solo reímos. De algún modo, el reconocimiento absurdo de esta tragedia continua e incomprensible y nuestra igualmente familiar impotencia forman un cóctel oscuro y cómico.

De pronto se me ocurre que, si el profesor Brill hubiera sido diplomático como yo, ambos habríamos tenido que simular que creíamos en el juego político, y me río aún con más ganas, estallo en una carcajada, luego mis palabras brotan a borbotones:

—¿Sería posible averiguar quién asesinó a mi hija?

En cuanto aparece detrás de las filas de árboles bajando por el estrecho sendero que conduce a la cabaña y el porche, en dirección adonde me encuentro, vuelvo a alimentar la imposible esperanza de que al encontrarlo las nubes se disiparán y todo volverá a su lugar, o al menos, de alguna forma, me devolverá la calma.

¿Cómo pude ser tan tonto?

Por supuesto, no sucedió nada parecido.

Su aspecto es casi idéntico a cuando lo vi en el entierro. Desde luego, no más envejecido, incluso parece más joven, en mejor forma. Es uno de esos tipos serviciales cuya sonrisa y amabilidad se supone que te van a desarmar, y realmente lo consiguen. Incluso yo sonrío de manera automática y lo saludo con un apretón firme, le agradezco el vino blanco y el trozo de comté de maduración ligera que ha traído para la comida. Buen gusto también en la mesa. Estoy a punto de tantearme los bolsillos para tranquilizarme, pero me controlo y dejo que el peso de ambos lados, el derecho un poco mayor que el izquierdo, me convenza de que tanto el teléfono como la pistola están en el lugar en el que quiero que estén.

Lo invito a sentarse a la inestable mesa de madera del porche y le ofrezco un café. Yo también soy amable, y lo sé.

No sé qué sentirá al sentarse con el padre de su amante muerta, pero preocupación no es. Habla de los pájaros, los árboles, el río, el tiempo inusualmente cálido de diciembre. Es un poco pronto para el vino, pero el queso lo pongo sobre la mesa junto con parte de la comida que yo he traído: jamón, salami, pan, mantequilla, agua mineral. Café. Es casi como una comida entre amigos. El último desayuno, o almuerzo, teniendo en cuenta la hora. Seguimos los rituales de cortesía preceptivos. Los temas son el tiempo, las vistas, el agua. El estado de la cabaña de pescadores.

Tú. A ti aún no hemos llegado.

Lo único que le he dicho de antemano es que me gustaría hacerle algunas preguntas sobre tu trabajo. Que estoy juntando las piezas de la historia de tu vida. No de tu muerte. No tiene ningún motivo para tenerme miedo. Además, le viene muy bien, tenía que dar una conferencia en la universidad a primera hora y después subiría con el coche hasta la cabaña de pesca. Después es ahora.

Mastica su sándwich de jamón y queso, que acompaña con el café y poco después con una cerveza fría que también he sacado. Parece satisfecho, incluso feliz. Nos reímos por un momento con una ardilla que parece estar espantando a los gorriones. Cada vez que se posan en una rama dispuestos a ensimismarse por un momento, se lanza hacia ellos trepando por la rama y los hace levantar el vuelo.

Toso, estoy a un paso de cansarme de la representación y entro por un par de vasos limpios para servir el vino. Ha tenido una buena idea: traer vino.

—Joanna —digo.

—Joanna —repite él. Y casi como una reflexión, añade con otro tono, en cierto modo más afectado—: Qué pena tan grande lo que le pasó. Una terrible tragedia.

En ese momento salto, cruzo el porche hasta la esquina opuesta y saco la pistola del bolsillo. Disparo a la copa del pino, como si hubiese apuntado a algo.

La ardilla baja saltando y se apresura a pasar a otro tronco, dejando las ramas temblando, pero los gorriones ya han alzado el vuelo. Miro la pistola que tengo en la mano intentando ocultar mi propia sorpresa, la bajo y la vuelvo a levantar antes de dejarla de nuevo en el bolsillo. Tranquilo. Todo lo tranquilo de lo que soy capaz.

Sonríe como si fuera lo más natural levantarse de pronto a disparar a las copas de los árboles del bosque a lo que fuera que había avistado.

—Eres rápido con la pistola —me dice.

Cierro los ojos para recuperar la calma, le doy la espalda mientras lucho por respirar en silencio y concentrarme en bajar la rabia. Aún no, aún no. Poco a poco se me relaja la mandíbula y me masajeo las sienes con las dos manos, me echo el pelo hacia atrás y por fin vuelvo a sentarme a la mesa.

—¿Durante cuánto tiempo trabajó para ti? —pregunto.

Necesito empezar por algún lado.

Tu madre dijo que fue culpa mía, y tenía razón, desde luego.

Al margen de que fuesen las fuerzas de ocupación las que te hubieran disparado, pensando que estabas espiando para mí, o que fueran los luchadores por la libertad en los Territorios Ocupados quienes disparasen por pasarme información, tu madre tenía razón. O, mejor dicho, podría haber tenido razón. Estaba convencido de que nada de eso era cierto. La culpa estaba mucho más próxima.

Llevaba muchos meses sin tener ningún contacto contigo cuando sucedió, pero nadie lo creyó. Ni siquiera tu madre. Sería lógico pensar que al menos lo supieran los servicios de inteligencia de las fuerzas de ocupación, pero tal vez pensaron que tenía alguna forma especial de arreglar ese tipo de cosas.

No solicité el traslado a otro departamento. Tu madre me pidió el divorcio.

No habrías subido allí si no hubiera sido por mí.

Christine me llama cuando estoy hablando con el profesor Brill. No contesto, pero me alegra que me telefonee. Llevo varias semanas sin tener noticias suyas y no sabía si la había perdido para siempre. ¿Debería casarme con ella?

—Sí —responde por fin el profesor Brill—. Pero no estoy seguro de que en realidad quieras saberlo.

De nuevo guarda silencio durante un tiempo, me mira a los ojos, invitándome a hablar, pero como no digo nada, continúa:

—Si lo averiguas, quizá tengas que actuar. Y con toda probabilidad no será algo que quieras realizar, pero tampoco serás capaz de seguir tu vida sin hacerlo.

Se levanta, coge unos cuantos libros de los estantes y me sorprende al sacar un álbum de música. Coloca el disco negro de vinilo rayado en un antiguo tocadiscos que está detrás de él, en la balda de un armario que acaba de abrir.

—¿Sabes a lo que me refiero? —Se acaba la cola y tira la lata a la papelera—. Billie Holiday, ¿a quién le apetece oírla en las nuevas ediciones digitalizadas, sin sus chasquidos y su crepitar? Escucha, solo escucha. —Señala el disco que gira y gira lentamente—. ¿Qué diferencia hay en que fuese una cosa u otra lo que finalmente la llevó al límite? ¿Una u otra adicción, uno u otro dolor el que finalmente la venció? ¿Cambia algo? Lo que pasó ya pasó.

Escucho la voz, el débil rasgado de la aguja contra el vinilo, y de pronto echo terriblemente de menos algo que no sé lo que es.

—Ella está muerta. Tú sigues aquí. Es con eso con lo que tienes que vivir. —El profesor Brill saca una botella de whisky del armario y se sirve para él en un vaso y para mí en otro que me alcanza—. Las respuestas no te aportarán paz. Te exigirán algo y te arrebatarán todo consuelo y reconciliación que hayas logrado hasta ahora. Las respuestas no lo harán más sencillo. Al contrario, con toda probabilidad. —Y asiente, como para ratificar sus palabras más para él mismo que para mí—. Con toda probabilidad, después desearás no haberlo sabido.

Me mira casi suplicante.

—Créeme, no querrás saberlo.

Escucho una canción, luego otra. El profesor Brill no dice nada más, solo bebe el whisky mientras escribe unas notas en un documento que tiene en su escritorio. De vez en cuando levanta la vista para mirarme y regresar al instante a su papel. Escucho la música, una pieza que da paso a la siguiente y luego una tercera, el suave rasgado y el crepitar, que, más que perjudicar a la voz de Billie, destacan su belleza y su dolor. Solo cuando la aguja ha recorrido por completo la última pieza y el disco se ha quedado girando en vacío sobre su eje, me hace un gesto y retoma sin inmutarse la conversación:

—¿De verdad quieres saberlo?

Pienso en algunas de las estrofas que acaba de cantar Billie Holiday: «*... Makes no difference how I carry on, just don't talk, please don't talk. Don't you talk about me when I'm gone... The way you changed my life. No, no, they can't take that away from me... We're parting, you go your way, I'll go mine...*».

Las últimas palabras que me dirigiste: «Ya no eres mi padre. ¡No eres nadie!».

—¿Y si quiero? —digo con calma, pronunciando cada sílaba con cuidado, como si cada palabra fuera un paso hacia un lugar desconocido.

—Si es así, te encontraré la respuesta —dice moviendo la cabeza—. La respuesta que se pueda hallar... Déjame que haga algunas llamadas. Me llevará un poco, pero créeme, averiguaré lo que haya en esos archivos.

No sé si su seguridad significa que conoce a políticos de alto rango o a alguien en el Departamento de Estado y sabe que lo ayudarán, o tal vez a periodistas destinados por la zona, y por lo tanto con buenas fuentes. Pero no le pregunto. Quizá sea preferible no saberlo. De pronto me doy cuenta de que también habla el historiador. Su sed de saber histórico. Puede que esté encantado de ayudar a un desesperado padre de una chica fallecida, tú. Pero también tiene sus intereses profesionales particulares. Quiere saber qué sucedió, colocar en su sitio las piezas de la historia. Es su profesión. Una de las piezas lleva tu nombre. No sé por qué, pero ese anhelo compartido me tranquiliza.

Él asiente de nuevo y, sin cambiar el tono, reanuda nuestra anterior discusión política:

—Antes pensaba que todo tenía relación con la historia, pero me he dado cuenta de que todo es política. La política del ahora. Y la política no es otra cosa más que poder. Tanto en tu lado del mundo como en el mío, bueno, en las democracias en general, significa el poder de la mayoría. Y el poder de la mayoría reside sencillamente en la seducción de la mente de más personas que las que controle tu oponente. Independientemente de los medios utilizados. Aquí es en general el dinero. En Europa, el medio también es en parte el dinero, pero en mucha mayor medida los nombres, las alianzas históricas y, no menos importante, los mitos históricos. Rara vez tiene importancia la auténtica verdad histórica. Y la caza de la seducción de la mayoría es la misma en todas las circunstancias. Eso es lo que hace la democracia con nosotros... —Ríe sonoramente, con ese modo incontenible que tanto irritó a Christine en París; reconozco que cada vez me gusta más.

Está claro que conoce todos los detalles de tu historia. Todo el mundo los conoce. Al menos, todos los que tienen algo que ver con Oriente Medio. A pesar de haber transcurrido ya unos años, la mayoría la recuerda con claridad. Aprecio mucho que no deje que se note.

—Pues sí, me gustaría mucho —digo antes de levantarme y darle la mano.

—Durante dos o tres años..., cuatro..., de vez en cuando... —dice removiendo con parsimonia el café y antes de levantar el vaso de vino en su lugar.

Indecisión que al instante identifico como su estrategia, incluso aunque quizá él mismo no se dé cuenta, en todo caso no de un modo consciente, pero instintivamente puede que tenga la sensación de que necesita una estrategia defensiva. ¿O tal vez sea una maniobra habitual para un hombre de su posición, la imprecisión, al igual que lo es para un hombre en la mía?

—Trabajó principalmente como asesora —continúa relatando—. Contratada para cada proyecto específico... Luego consiguió un puesto fijo en nuestra oficina en Berlín.

—Tu organización trabaja por los derechos humanos en todo el mundo, si no he entendido mal.

—Sí, en todo el planeta.

Lo sé todo al respecto, pero de todas formas continúo preguntando:

—¿Y qué diferencia a HRAW de otras organizaciones parecidas, como Human Rights Watch, Amnistía Internacional?

Quiero que hable.

—Ellos trabajan para hacer que los Gobiernos respeten las leyes y las normas internacionales sobre derechos humanos. Nosotros hacemos activismo organizado —responde—. Entramos donde las leyes no tienen valor, en las situaciones de conflicto, crisis, catástrofes, guerras, allí donde la ley y el orden se han venido abajo, o en zonas ignoradas en las que no hay ninguna forma de justicia. —Se lanza a una descripción de sus actividades y su voz amable, llena de resonancia, se hace más profunda e intensa—: Dirigimos nuestra atención a los lugares a los que no se les presta. De los rincones ricos y poderosos a los más alejados y pobres. Formamos una cadena humana de muchos kilómetros para manifestarnos por las mujeres y niños que son violados en los campos de refugiados del Congo. Estamos presentes y hacemos visible la inhumación de cada refugiado que pierde la vida en la frontera de cualquier país occidental. Hemos organizado coloridas danzas de la lluvia en grandes propiedades de Estados Unidos que contratan a trabajadores sin papeles en condiciones casi de esclavitud por un poco de comida como único pago... —Él mismo se sumerge en un torrente arrollador de palabras—. En el delta meridional de Bangladés estamos en medio de una campaña de aldea en aldea contra el encierro de las mujeres durante la menstruación, igual que luchamos contra el hacinamiento de los presos en Brasil, con tantos en tan pocos metros cuadrados que muchos de ellos se asfixian, literalmente. Hay una enorme variedad de escenarios, pero la estrategia es la misma: se trata de lograr suficiente agitación pública y mantener las protestas hasta obligar a las autoridades a ceder. Insistimos e insistimos hasta llegar a ese punto. Esa es nuestra especialidad. Saber dónde está ese punto. Y, por supuesto, disponer de los medios para alcanzarlo.

Sigue hablando, pero ya no lo escucho. No tengo la menor duda de que es ese tipo de vorágine de discurso entusiasta que todo lo devora y que normalmente enciende a sus donantes, garantizando así que a HRAW nunca le falte el dinero. Es esa clase de torbellino la que encendería a su personal. A sus colaboradores. A ti.

—Tú la iniciaste, ¿no? —lo interrumpo en un momento dado. Con *la* me refiero a la organización, pero veo que, por un momento, tan solo una mínima fracción de segundo, duda si me refiero a ti, y eso disipa cualquier duda que pudiera tener. Sin pensar, mi mano se mueve hacia el bolsillo derecho de la chaqueta y aferro la culata de la pistola a través de la tela.

Lou tenía razón.

—Sí, yo puse en marcha HRAW —dice con un apresurado énfasis extra en la última sílaba de la frase.

«Tengo ese sueño con una pequeña localidad en la cordillera Azul a la que la gente va para descansar su mente inquieta.»

La frase sigue haciéndose presente en mi cabeza mientras con la mirada recorro los rostros, inquisitivo.

El profesor Brill sugirió que mirase en la biblioteca mientras estuviese por la universidad y llamó al bibliotecario para que me permitiese entrar. Allí podía encontrar a las personas que por entonces eran tus conocidos.

Lo que yo no le conté es que también me apetecía encontrarla a *ella*.

¿La señorita L?

Podría haberle preguntado por ella, pero por alguna razón no lo hice. Ni siquiera la mencioné.

«La línea entre los hombres despechados y las mujeres celosas es fina como un cabello y lisa como un espejo.»

Repaso primero los anuarios de los años 2006 a 2008, tu formación de grado. El posgrado lo hiciste en Washington, en la Johns Hopkins. Luego regresaste a Lexington para, de vez en cuando, dar clases.

Conozco estas fotografías. En esa época eras feliz y se ve en las fotos de clase. Ríes. Ríes. Así eras, no sonreías. Pasabas de la seriedad a la risa, la risa significaba felicidad. Eras feliz en esta pequeña ciudad de provincias del extremo norte del sur de Estados Unidos. Feliz. Como si algo de tu ADN supiera que aquí habías sido concebida. Tu madre y yo nos conocimos aquí, ambos cursamos un primer semestre en Economía. ¿Nos casamos por ti? No, no creo. Era el momento. Los dos estábamos preparados para formar una familia y tener un hijo. Nos enamoramos. Bueno, el noviazgo fue breve, pero yo quería a tu madre. Me voy por las ramas, cierro el último de tus anuarios, la falda blanca, la capa negra, tu risa.

Ahora ya no puedo aplazarlo más. Y allí están todos, perfectamente organizados en el ordenador, los recortes de periódicos que tratan sobre el entierro. No es cierto que fuésemos tu madre y yo quienes decidimos enterrarte aquí. Fue tu decisión. Lo habías escrito expresamente en la carta que debía sernos enviada en caso de que te ocurriera algo.

«Quiero ser enterrada en Lexington», decía.

Junto a tu minucioso testamento me mostró que, a tus veintiocho años, conocías los riesgos que comportaba ese proyecto, mucho mejor de lo que jamás habría pensado.

Doy un bote sujetando el respaldo de la silla, me siento de nuevo y cierro los ojos por un momento. Inspiro profundamente, espiro. Dentro..., fuera:

El ataúd blanco, las rosas blancas, solo blancas, tus favoritas.

Eras noticia de primera plana, a nivel local, el entierro. Inspiro muy lentamente, lleno los pulmones de oxígeno, como si hubiera estado a punto de asfixiarme, y reúno los trocitos de mi interior con mucho cuidado, como si pudiese volver a desmoronarse en cualquier momento, espiro y vacío los pulmones con la misma precaución. Me quedo sentado aún unos minutos y respiro con mucha lentitud antes de sentirme preparado para continuar.

En las primeras de las numerosas fotos del entierro no hay ni rastro de ella, de la mujer del pelo rebelde que pronunció la frase, una sola que, para mi sorpresa, era la cuarta de la vigesimoprimera página del tercer libro de la señorita L.

«La línea entre los hombres despechados y las

mujeres celosas es fina como un cabello y lisa como un espejo.»

¿Quería que fuera a buscarla?

¿Tenía más que contarme, además de lo que podía escribir?

¿O solo se trata de una frase que va diciendo en voz alta?

¿Quizá ni siquiera fuese ella?

En sus libros no había ningún retrato suyo y todos los intentos de buscar a la señorita L en internet no me aportaron más pistas sobre la apariencia, la edad y el lugar de residencia de la escritora que las que ya había conseguido llamando a la editorial: se trataba de una mujer que vive en el estado de Virginia. La editorial no me contó más, a pesar de que lo intenté varias veces, y por primera y única vez pude comprobar en persona que mi título de embajador no servía de nada: el de la literatura es otro mundo, con una estructura jerárquica diferente. Es cierto que el agente de prensa dijo que podía escribir una carta y que estarían encantados de remitírsela a ella, pero era incapaz de expresar con palabras algo que ni siquiera podía articular para mí mismo. ¿Su libro habla sobre ti o no? ¿Te conocía? ¿Llegasteis a hablar?

¿Lo que escribe es lo que te sucedió?

¿O ha sido pura casualidad?

Era casi predecible que no hubiera en ninguno de los periódicos que cubrieron el entierro ni una sola foto de la mujer que me dijo la frase. Debe de tener un sorprendente don para esquivar las lentes de los fotógrafos, pienso mientras recorro sin éxito todos los recortes. En una o dos fotos pude vislumbrarla en algún margen, entre la multitud o, al menos, una pequeña parte de lo que creo que es ella, pero estaba de espaldas o medio vuelta, y tan borrosa que no añade nada al recuerdo que de ella guardaba. Maldigo en voz baja e intento aclararme las ideas.

Quizá, quizá lo que los periódicos no han captado se pueda encontrar en el boletín informativo de la universidad. Quiero decir que, si tú estudiabas aquí, probablemente muchos de los jóvenes que vi en el entierro serían también estudiantes o antiguos alumnos. En efecto, diciembre de 2013, un boletín completo que trata exclusivamente de tu entierro. Cuatro páginas completas solo de fotos: tu madre y yo tras el féretro; el féretro blanco blanco; el sacerdote; incluso hay un coche fúnebre tirado por caballos (hasta explicaban que era por tu amor por esos animales, alguien debió de contárselo). Flores, flores por todas partes. Y personas. Es cierto que había cientos, quizá miles, la larga cola para expresar las condolencias. La recorro rápidamente con la mirada. Primero nada, luego me inclino hacia delante, porque allí, justo delante de mí, en la gran foto central a doble página y en el centro de un grupo de dolientes reunidos en torno a la tumba, en las manos un ramo amarillo algo ajado y un aura que irradia al mismo tiempo una total y absoluta desorientación y una firme determinación. Amplío la imagen de la pantalla y no me cabe ninguna duda: el desordenado cabello rubio oscuro que revolotea por la mitad de su cara, la chaqueta corta de punto sobre una falda estrecha que casi le llega a los tobillos. Las cejas oscuras muy juntas y la peculiar expresión como la de algo refrenado. Y allí mismo, en el pie de foto, se los nombra de izquierda a derecha, y ni siquiera necesito buscar cuál es el cuarto de los nombres. Solo uno de ellos empieza por L.

Lou Alezander.

Alivio, alegría, no sé qué, pero me doy cuenta de que he comenzado a llorar. Manan lágrimas de mis ojos, se deslizan por las mejillas y gotean sobre la pintura descascarillada de la mesa. ¿Qué pasa aquí? ¿Yo nunca lloro y esta es la segunda vez en un día?

Ignoro si sus libros tienen alguna relación contigo.

Ignoro si podrá o querrá contarme algo.

Pero ahora, ahora ya tengo un nombre, una persona a quien buscar.

—¿Tienes hijos? —le pregunto—. ¿Alguna hija?

Niega con la cabeza, ni siquiera intenta mentir.

Un solterón que se acuesta con sus empleadas, pienso. Debe de haber leído la expresión de mi rostro.

—Tres hijos —añade sin que yo intervenga—. Estoy casado. Veinticuatro años. —Empieza a hablarme de sus hijos. Dejo de escuchar.

Me equivoqué. Un viejo casado que se acuesta con sus empleadas. ¿Cree que va a poder ablandar mi firmeza férrea hablando de su familia? ¿Habrá leído alguno de estos libros de psicología de bolsillo sobre cómo calmar a un secuestrador haciéndote humano ante sus ojos?

No soy un secuestrador.

Él no es una víctima al azar.

Mi firmeza reside precisamente ahí.

Las ardillas corretean.

El río canturrea.

Tengo la pistola preparada en el bolsillo.

No me dirijo hacia allí al momento.

En su lugar, tras descender la escalera de la biblioteca, cruzo lentamente con parsimonia las praderas de la universidad y regreso al café de Main Road. Permanezco sentado, muy quieto durante mucho tiempo, veinte minutos, tal vez media hora. Sin pensar, solo aferrando la taza, lisa y marrón, y bebiendo de vez en cuando a pequeños sorbos el café, frío desde hace ya tiempo, mientras miro a los viandantes sin verlos en realidad. No es que tenga el cerebro paralizado o adormecido, sino solo extrañamente hueco. No alberga ni un solo pensamiento. Únicamente me llega la suave sensación de un esmaltado aterciopelado contra la punta de los dedos y, en un momento dado, el metálico amargor de los posos de café del fondo de la taza vacía.

Y el nombre:

Lou Alezander.

No encontré nada útil cuando busqué su nombre en internet. Sin duda protegía su vida privada mejor de lo que yo creía posible en este mundo digitalizado. Pero aparte de las referencias a sus libros, había visto mencionado su nombre en un artículo como profesora de Arte en la Universidad Washington y Lee. Eso era todo. Recordé entonces que había visto ese nombre poco antes sin sospechar su significado y volví a tus anuarios. Allí estaba: Lou Alezander había sido tu profesora de Arte.

No es que eso me ayudase mucho, pero me dio una idea, porque eso quería decir que habría vivido en la ciudad durante muchos años. En los anaqueles de la biblioteca encontré viejas guías telefónicas de la localidad y, efectivamente, tres direcciones de Alezander, solo un L. Alezander. Arriba, en el bosque, a no más de un cuarto de hora de viaje desde Lexington.

Te conocía, ahora estoy seguro.

¿Pero seguisteis en contacto después de tu graduación?

¿Cuánto puede saber ella?

¿Cuánto querrá contar?

Una vez terminado el café, no sé cuánto permanecí allí mirando por la ventana sin ver nada, pero fue bastante tiempo. Tengo miedo de algo que no sé bien lo que es. ¿Temo que la señorita L quizá no pueda contarme nada en absoluto? ¿O tengo miedo de lo que me pueda contar? No estoy muy seguro. Un grupo de estudiantes entran en el café riendo y charlando, aparto de golpe la taza, echo la silla hacia atrás y salgo apresuradamente del local al agradable y gris tiempo otoñal, giro a la izquierda y llego a la plaza, cruzo la calle en el semáforo y continúo en dirección norte a paso rápido sin levantar la vista ni una sola vez hasta llegar al bajo muro de piedra que rodea el cementerio. Hasta que llego, no me detengo.

No he vuelto desde que la enterramos.

Ni en este viaje.

Ni siquiera una vez.

Tras aquel intento que nos dejó a tu madre y a mí varados por la nieve en las montañas de camino hacia aquí, nunca regresé. No sé por qué, pero me resultaba insoportable la sola imagen de ese pedazo de mármol solitario que constriñe tu cuerpo fracturado. En estos precisos momentos estar cerca es una sensación extrañamente agradable, apoyarme en las grandes piedras graníticas que bordean el camposanto, sentirlas contra los muslos a través de la tela del pantalón, la fuerza áspera de las piedras frías y milenarias, una sobre la otra.

¿Te protegen?

¿Te vigilan?

Para tu tumba elegimos una piedra de mármol blanco, aterciopeladamente pulida, casi etérea, redondeada y tan brillante que reflejaba las nubes y las caras de dolor durante el entierro. Ahora me gustaría que hubiéramos elegido el granito, tosco y sin pulir, que habría sido más adecuado para ti. Me gusta mucho la solidez rugosa del granito en bruto, la sensación de que pervivirá mucho más tiempo que yo.

Eras tan ligera.

Pero aunque éramos seis portadores, el asa de tu ataúd se me clavó en la palma de la mano como el filo de un cuchillo. Las marcas fueron visibles durante semanas.

Como si realmente hubiera sido un cuchillo.

Una nube oscura cruza tapando los rayos de sol y el viento arrecia.

El momento ha pasado. Otra vez me fijo en las grandes losas de cemento rectangulares que forman la acera bajo mis pies, doy la espalda al cementerio y corro, todo lo deprisa que puedo, regresando por el mismo camino de Main Street por el que acabo de venir. Me detengo jadeante tras haber pasado sin fijarme por delante de las múltiples callejuelas laterales, pero ya estoy seguro al otro lado de Jefferson Street. De pronto siento un hambre canina, que debió de estar aguardando su momento durante horas. No he comido nada desde el dónut de la gasolinera a las seis de la mañana. En realidad, es ya muy tarde para almorzar, pero esto es América, y unas manzanas más allá cruzo la calle, me aliso el traje y el pelo con las manos y empujo la doble puerta batiente de The Red Hen. Pido una Corona y un taco de pollo, pero cuando me lo sirven, ya no tengo ganas de comer y no toco la comida. En su lugar, me tomo la cerveza y luego una más. Y un tequila blanco doble. Casi nunca bebo, pero de repente lo necesito. Solo uno. Dos.

Luego paro. E intento comer siquiera un poco de mi almuerzo, pido un café doble. Necesito pensar.

Me pregunto si tendría que llamarla antes, pero sé de antemano que no lo haré. Tengo que asegurarme de que realmente es ella.

Tampoco sé muy bien cómo puedo preguntarle.

El retroceso casi me tira de espaldas. No estoy acostumbrado a disparar. Soy torpe. Es demasiado pronto en la conversación.

Me dijo que te quería.

—Yo la quería —dijo.

Y entonces saqué la pistola del bolsillo y disparé a los arbustos. Luego me quedo sentado en el suelo con las rodillas temblando y él de pie, mirándome.

—¿Estás bien? —pregunta con una expresión de ligera sorpresa al acercarse a darme la mano para ayudarme a levantarme. O tiene un sorprendente control, o no es en absoluto consciente de que puede correr algún tipo de peligro.

Vuelvo a dejar la pistola en el bolsillo. Es demasiado pronto. No sé qué pudo pasarme por la cabeza, hay aún muchas cosas que debo preguntar. Niego con la cabeza. Estábamos a punto de dar una vuelta por los alrededores de la cabaña para ver un extraño montón de piedras que hay detrás y que no sé qué es. Esa parte es verdad.

—Lo siento, un acto reflejo. El trabajo..., ya sabes. De repente creí haber visto un oso... —Vuelvo a negar con la cabeza—. No había nada.

Él asiente. No estoy seguro de si me cree o no, pero no parece sospechar nada.

Toso, toso una vez más, y aún otra, tengo que aclararme la garganta, las ideas. Luego fijo en él la mirada.

—¿Dijiste que fueron tres años los que trabajó para ti? —pregunto con la máxima indiferencia de que soy capaz.

De nuevo asiente.

—Un poquitín más. Al principio no fue a tiempo completo. Organizaba proyectos de activismo. Se encargaba de trabajos especiales. Escribía para nosotros. Algunas veces nos hacía propuestas, muchas de ellas buenas. Luego la empleé en la oficina de Berlín.

Al margen de lo que piense, parece necesitar, del mismo modo que yo, repasar esa parte de nuestra conversación, en la que se mueve sobre terreno seguro.

—Desde entonces estuvo al frente de muchas de nuestras acciones en Europa. La mayoría de nuestros colaboradores no son trabajadores fijos. Los contratamos proyecto a proyecto. Pero ella tenía realmente muchas ideas buenas... —Su voz se desvanece.

Las ramas crujen bajo nuestros pies. Lanzo una piedra que alcanza la superficie del agua con un plof hueco y que extiende unas ondas irregulares en el río antes de que la perezosa corriente las separe. Hemos regresado al curioso rimero de pedruscos. Casi se parece a un horno de algún tipo, salvo que no es hueco.

—Mira. —Señalo y levanto algunas de las piedras de la parte superior para mostrar que es compacto.

Él se detiene, está a unos ocho metros por detrás de mí.

—Poníamos en marcha las que podíamos. —Niega con la cabeza—. La acción en el muro no tenía posibilidades.

La reconozco en cuanto abre la puerta: el mismo flequillo desordenado y demasiado largo que le cae sobre la cara, aunque ahora lleva el resto del pelo más corto.

Seguramente también me ha reconocido, porque no pregunta quién soy. Tan solo abre la puerta un poco más y con un gesto me indica que entre, una vez que el primer instante de evidente sorpresa es sustituido por una expresión de alivio, casi de relajación, y que sus cejas vuelven a su posición de reposo. No sonríe, y no sé por qué, pero me alegro.

Cruzando la cocina entramos en el salón, cuyos enormes ventanales miran a la pendiente boscosa, los árboles tan grandes y próximos que darían la impresión de estar lejos de cualquier tipo de civilización si no fuera por la estrecha abertura que crea un sendero y que permite ver un laguito en el que descansa un bote amarrado a un embarcadero solitario.

—¡Qué espectacular! —exclamo, sobre todo para iniciar una conversación. Tiendo la mano—. Teodor Merlin...

Ella asiente y me la estrecha, pero no dice nada, ni tampoco su propio nombre. No he venido para admirar las vistas y no hay duda de que sé quién es. Estamos un momento en silencio. Pero no resulta embarazoso. No siento ninguna necesidad de decir nada.

—Me preguntaba cuándo vendrías —dice después de unos momentos moviendo la mano en dirección al gran sofá beige de esquina vuelto hacia los ventanales.

—¿Sabes quién soy?

Ella asiente.

Nos quedamos un rato sentados y de nuevo en silencio. De pronto, me asalta la inquietud por lo que tal vez llegue a oír, así que pregunto por sus libros:

—He leído tres —le explico mencionando los títulos, y le digo lo mucho que me gustan—. Aún no he logrado encontrar el cuarto..., es decir, el que es tu primer libro.

Sonríe con una risa callada.

—... Seguro que tengo algún ejemplar. —La voz se vuelve seria—. No estoy muy convencida de que te vaya a gustar tanto como los otros. —Me mira fijamente a los ojos—. Lo escribí antes de...

—Conocer a mi hija —brota de mis labios, no como una pregunta, sino más bien como la constatación de que nuestra conversación ha llegado a su razón de ser.

—Sí. —Lou asiente. Me habla de sus clases—. Era joven, mi primer trabajo, no mucho mayor que mis alumnos. A pesar de que tenía muy poca relación con los estudios de relaciones internacionales de Joanna, estaba muy interesada en el arte. Sobre todo, en la pintura. Se le daba muy bien el dibujo, ¿lo sabías?

Asiento.

—Convertir el mundo en un lugar mejor venció al arte —digo sin sonreír. Siempre quisiste cambiar el mundo, creías que de algún modo te correspondía a ti personalmente mejorar las cosas—. «Mejorar la situación para los pobres y los que sufren...» —cito sin sombra de sarcasmo, pese a que solía irritarme tu falta de ironía.

Lou me mira.

—Creía en ello y lo puso en práctica. Al menos, un poquitín, tanto como pudo... —dice poniéndome la mano en el brazo. Menciona algunas de tus áreas de acción—: Crimea, Bielorrusia, Sudán. Liberia. Los refugiados del Mediterráneo...

De algunas he tenido noticias, de otras no.

—Por eso su trabajo le cuadraba perfectamente. Podía comprometerse con cualquier tema que le interesara, desarrollaba una estrategia y la llevaba a cabo. —Lou me mira expectante y luego añade más sobria—: Y por eso se sentía tan atraída por él.

Siento que el estómago se me encoge y deseo detenerme aquí. ¿Y si el profesor Brill tuviera razón y no quisiera saberlo?

No me da ninguna opción.

—Para ella era un desastre, pero no podía dejarlo —prosigue—. Al principio estaban enamorados, pero continuaron durante unos años. Intermitentemente, *on and off*. —Lou parece molesta—. Al final, como él no estaba dispuesto a abandonar a su mujer, lo dejó ella.

Mira al vacío. Me ha soltado el brazo y me levanto. Desde la ventana contemplo los árboles, el lago y el barquito a lo lejos, cierro los ojos, pero oigo con claridad su voz:

—Él nunca se lo perdonó.

He abierto los ojos y me giro para mirarla. Lou levanta la vista con la misma expresión en sus ojos grises seria y franca, pero a la vez indescifrable, y de pronto me siento torpe, como si estuviera flotando muy lejos de ella y del sofá, y vuelvo a sentarme.

—Quizá pensara que haciéndole la vida imposible podía conseguir que volviera con él. Quizá quisiera demostrarle lo difícil que le iba a resultar arreglárselas en el mundo sin él. O quizá simplemente la castigara sin más. No sé cuál fue la razón..., pero el hecho es que la convenció para un plan letal e involucró a todos los demás.

No estoy seguro de entender.

¿Plan letal? ¿Él? ¿A todos?

Quiero saber por qué estabas subida al muro, por qué estuviste tanto tiempo, por qué caíste, y si alguien te disparó, quién fue y qué sucedió en las fatales últimas horas de la noche sin cámaras. Pero da la sensación de que Lou habla de otra cosa. Como si creyera que sé algo que no sé. Pienso en sus libros, que hasta ahora había creído que eran esencialmente ficción. El segundo, *El tejado risueño*, ¿estaba mucho más relacionado contigo de lo que yo había pensado?

Contigo y con él.

Había reconocido a los padres en *El hombre sin hija*. No nosotros, sino alguien como nosotros, una situación que podía ser la mía y la de tu madre. Igual que la de muchos otros. Pensé que el resto era básicamente ficción. O tal vez confiaba en que lo fuera. ¿Era esa la única manera de poder contar la verdad?

¿Era la verdad?

¿Fue eso lo que me atrajo hacia los libros sin ser consciente de ello?

—¿Tu libro? —pregunto.

Ella asiente.

—¿También *El hombre inquieto*?

Duda, luego habla en voz tan baja que tengo que interpretar el movimiento de los labios más que oírla pronunciar las palabras:

—Eso espero.

Vuelvo a ponerme de pie, doy unos pasos. No sé adónde, pero no puedo mantenerme tranquilo.

El hombre inquieto trata de un padre que busca justicia y verdad para un crimen que se ha cometido contra su hija fallecida. Suena dramático, pero el libro carece de dramatismo de un modo casi aterrador.

Un paso después de otro, eso es todo. La pieza central del puzle que sigue esquivándolo.

Me doy cuenta de que camino inquieto arriba y abajo; entonces, me detengo e intento tranquilizarme, concentrarme en las cumbres de los árboles que se alzan delante de la ventana del salón.

—¿De quién se trata? —pregunto dándole aún la espalda—. ¿Quiénes son ellos?

—*Ellos* no son la cuestión.

La oigo levantarse y la siento acercarse. Me pone la mano sobre el brazo, muy suavemente.

—Lo importante es todo lo de alrededor, quiero decir. Todos los de la organización, al menos todos los que eran importantes para la planificación de la acción... Todos los que estaban involucrados. Y, natural y especialmente, los otros cuarenta y seis que también tendrían que haber estado allá arriba.

Giro la cabeza hacia ella, que se muerde el labio inferior como si estuviera a disgusto con la historia que ella misma ha empezado a contarme.

Dijo cuarenta y seis.

—Se llama Jaspar Richardson.

El nombre brota, en voz suave pero con premura, como si fuera lo único que realmente debo saber.

—... Pero ni siquiera te he ofrecido una bebida —añade como para interrumpir su tajante narración.

Se acerca a la mesa de la cocina, abre un armario y saca una botella de vino tinto, la descorcha con rapidez y, sin ni siquiera preguntarme qué me apetece, sirve dos copas y regresa, me alcanza una de ellas.

Bebo un sorbo, dos, luego dejo mi copa muy

lentamente sobre la mesa e intento no parecer tan atónico como me siento por dentro.

Jaspar Richardson es un nombre que reconozco.

Jaspar Richardson era el jefe de la organización para la que trabajabas cuando caíste: Human Rights for All in the World. HRAW.

Estoy seguro de haber coincidido con él en alguna ocasión. Unas conferencias internacionales y en el entierro, por supuesto. Intento acordarme de cómo es, pero no hay ningún rostro entre mis recuerdos. En mi trabajo conozco a muchas personas.

Lo que sí recuerdo es la lista de nombres que vi junto al extraño dibujo laberíntico en la libreta que encontré en tu apartamento al empaquetar tus cosas hace ya muchos años. No le di muchas vueltas entonces y no he vuelto a pensar en ella. Cuarenta y seis. ¿Es algún eslabón que no supe comprender? ¿Cuántos nombres había en esa lista?

Tampoco reflexioné al respecto cuando leí *El tejado risueño*, a pesar de que ahora recuerdo las iniciales del carismático personaje masculino de la novela. El jefe que los lleva por mal camino. En el libro se llama simplemente JR, como una copia barata del villano de la serie de televisión *Dallas*.

¿Te hicieron subir al muro con engaños?

¿Es eso lo que se me ha escapado?

Cuarenta y seis.

Miro el reloj y desearía haber venido mucho antes. Son ya las 17 horas y no tengo mucho tiempo. Para devolver el coche y no perder el vuelo, tengo que estar en el aeropuerto a las 21.30, como muy tarde, y desde aquí hay tres horas largas de viaje hasta el aeropuerto de Dulles.

—Voy a tener que irme pronto —murmuro. Aún tengo que hacer una parada por el camino.

Elevo la voz hasta un tono normal y hablo con más claridad:

—Entonces, tendrían que haber sido cuarenta y seis, supongo que eso significa cuarenta y siete con Joanna. ¿Por qué...? —Pero antes de que Lou responda, me doy cuenta—. Claro, era 2013, uno por cada año transcurrido desde el 67. Cada año desde el comienzo de la ocupación —explico yo mismo en voz alta.

—Típico de Joanna —ríe Lou interrumpiendo mis pensamientos—. Éramos amigas, a menudo charlábamos, pero en los últimos meses yo estaba de viaje presentando libros y Joanna estaba en Europa. Hablábamos por teléfono cuando teníamos la oportunidad, pero... No me dijo nada. No sé lo que sucedió —añadió en un tono de voz bajo, casi exangüe—. Si la operación no llegó a ponerse en marcha, o si fue anulada y ella decidió ir sola. O... si la cancelaron... y nadie le dijo nada.

Me pongo en pie bruscamente y casi se me cae la copa de vino. Me vuelvo a sentar.

—¡No he logrado averiguarlo!

Gira la cabeza y me mira a los ojos con la misma rabia gris que recuerdo del día de tu entierro.

—Pero quizá tú lo consigas.

De modo que por eso me necesitaba.

—Jaspar Richardson.

No lo pregunto, sé que ese es el nombre. Digo su nombre completo para que sepa que quiero que me escuche, que me escuche con atención.

—Mira. —Doy unos golpecitos en el extraño rimero de piedras y me giro para captar su mirada—. Puedes preguntarte qué hizo que alguien formara este cúmulo o puedes destruirlo. —Le doy una patada al montón y unas cuantas piedras salen volando—. También se le puede preguntar al dueño de la cabaña y tal vez se obtenga una respuesta suficientemente satisfactoria como para dejarlo tal y como está.

Guardo silencio, me llevo la jarra de cerveza hasta la boca y bebo con repentina sed. Estoy empezando a entrar en calor.

—Bueno, ¿entonces por qué estaba allá arriba? Creía que habías dicho que HRAW no podía llevar a cabo la acción en el muro.

Sacude la cabeza como si no comprendiera qué le estoy preguntando, aunque estoy totalmente seguro de que sabe con exactitud a qué me refiero. Meto la mano izquierda en el bolsillo y palpo el teléfono, mientras que el peso del lado derecho de la chaqueta hace innecesario comprobar el otro bolsillo para saber que la pistola está en su sitio.

—Puede que solo sea un montón de piedras y que no haya nada más —responde con una ligera irritación impaciente en la voz que no se esfuerza por ocultar—. No, HRAW no tuvo nada que ver. No estábamos involucrados. —Da una patadita a las piedras de abajo, como para subrayar esas palabras—. ¡Esa acción la llevó a cabo por su propia cuenta!

—Me causó buena impresión, la verdad.

Se lo digo cuando estoy en el recibidor poniéndome el abrigo.

—Hace unos cuantos años, ambos trabajamos en unos proyectos en los que tuvimos contactos esporádicos. Incluso podríamos haber llegado a ser amigos. Así funcionan las cosas en mi mundo, un igual es un aliado, un amigo.

Observo los enormes troncos añosos, la tierra, cubierta de hojas amarillas y marrones, intentando recordar su cara, pero sin ser capaz aún de evocar ninguna imagen. Y no sé por qué, pero me niego a buscarlo en la red. Me pongo a pensar en otra cosa.

—En el Ministerio de Exteriores o en el entierro, no estoy seguro... —digo—. Nos dijeron que había intentado evitar que ella partiese, ahora me acuerdo..., que ella había presentado la idea o algo así y él lo había desaconsejado. Demasiado arriesgada. Y que, a pesar de todo, ella la llevó a cabo. Sonaba plausible..., conociendo bien a Joanna...

—No creo que sea tan sencillo —dice Lou mientras me acompaña hasta el coche. Ahora es ella la que se balancea inquieta sobre la grava de la entrada—. Joanna me contó que organizó la operación específicamente para HRAW. Lo recuerdo muy bien. Y me habló de los demás que iban a acompañarla. Lo sé. Estoy segurísima. Me explicó varias veces... los muchos que estarían con ella, y nunca mencionó, ni una sola vez, nada de que los demás no fueran a ir, o que hubieran cancelado el proyecto. —Lou duda y me mira, como si temiera continuar—. Que él había...

Se detiene y vuelve a posar la mano en mi brazo.

—Sé que me lo habría contado. Aunque estuviera de gira promocional, hablábamos lo suficiente por teléfono como para que se hubiera referido a ello. ¡Nunca habría dejado de ponerme al corriente!

Abro el coche, que parpadea al hacerlo y emite un destello azul etéreo en la oscuridad del bosque. Ya voy tardísimo, pero no me muevo.

—¿Podría ser que fuera algún otro miembro de la organización el que debiera haberla informado de que se había suspendido?

—Eso es lo que no sé... —Su voz se ha vuelto reflexiva, queda, casi beatífica—. No puedo demostrarlo, pero por alguna razón estoy convencida de que era él quien debería habérselo dicho.

Siento unas ganas tremendas de abrazarla, pero no estoy seguro de si será apropiado.

—Te creo —digo mientras intento interpretar la expresión de sus ojos a la débil luz amarillenta del farol que hay sobre la puerta principal, pero lo único que soy capaz de distinguir es un impreciso destello gris oscuro.

Ninguno dice nada. Aquí, bajo los árboles, en la temprana oscuridad de noviembre, reina una presencia extraña y espectral.

—Tengo que irme —digo por fin entrando en el coche, arranco, y mientras Lou se queda de pie, doy media vuelta en el estrecho sendero hasta que estoy bien orientado.

Golpea la ventanilla.

—¿Qué vas a hacer...? —pregunta cuando bajo el cristal—. ¿Qué vas a hacer si descubres que fue él quien debería haberle contado que la operación se suspendía y no lo hizo?

No sé qué contestar. Pienso en la última vez que volviste y me pediste más dinero. ¿Era por eso? ¿Y no querías contármelo? ¿El trabajo del que no querías depender porque no podías contar con ello? ¿Porque te había engañado ya muchas veces? ¿No valoraba tus informes, cancelaba tus propuestas, tus proyectos? El alquiler que había que pagar. Los préstamos de estudios. Creías en lo que él hacía. Recuerdo que me lo contaste, sin poder respirar de pura emoción, el primer año que te dio clases, mucho antes de comenzar a trabajar para él: «Todo es una cuestión de derechos humanos —había dicho él, según me contaste con los ojos iluminados y brillantes—. Cualquier conflicto en el mundo puede resolverse reduciéndolo a la perspectiva de los derechos humanos».

—Lo mataré —respondo.

Las gaviotas chillan más alto, aletean con más fuerza.

Se han ido.

Disparé a las nubes que no están. El eco se ha apagado y deja sitio al murmullo de las piedras bajo las ondas esponjosas.

Azul claro.

Transparente.

—Yo la amaba... —Batir de alas—. Nunca la habría puesto en peligro. Tal vez no quieras oírlo, pero la amaba.

No sé si pronunció la última frase o si solo la pensé. «¡Cierra la boca!» Es lo que tengo ganas de gritar, pero no lo hago. El disparo me robó las palabras. De pronto me doy cuenta de que es la primera vez que me encuentro sin palabras ante una situación. No quiero hablar. Quiero escuchar, luego disparar.

No hay ningún oso.

Esta vez no me escondo tras un oso.

Esta vez tengo una pistola y no hay ningún oso, y ahora él lo sabe.

Como si fuera la primera vez en la vida que me doy cuenta de algo, inspiro con más rapidez. Siento el sudor que me corre por la espalda, pero eso no me molesta. Parece como si todo esto fuera una parte de este nuevo saber.

Probablemente él se ha dado cuenta de mi transformación, habla a más velocidad, más alto, se trabuca, lo vuelve a intentar y entonces habla en un tono suplicante, como estirando las manos hacia mí.

Mira, ahí está: Esto es lo que hay en una pistola.

Ahora habla.

Estabas en lo alto de la cornisa. Y luego, no estabas.

No había ido porque estaba convencido de que tenías un plan. Completamente convencido de que te enfurecerías si intentaba inmiscuirme, así que continué trabajando con un ojo puesto en la pantalla del televisor y el otro en mi teléfono.

Funcionó el primer día. No podía concentrarme en nada, pero estaba decidido a mantenerme así. Con lo bien organizada que eras siempre, estaba seguro de que habías pensado en todo, incluyendo lo que podía ir mal. Cuando se acercaba la tarde comenzaste a parecer algo preocupada. Mirabas hacia todos lados, como buscando algo concreto. Pero te vi comer unas galletas, beber de una botella de agua. Sin duda sabías lo que hacías. El día dos empecé a estar un poco más inquieto, pero recordé tu lógica racional, tu siempre eficaz atención a los detalles. A cada detalle. Y vi que también habías llevado cuerda y ganchos, para poder asegurarte y de vez en cuando descansar un poco.

El tercer día parecías claramente cansada. Te temblaban un poco las piernas cuando caminabas hacia un lado y el otro de la cima del muro. Algo andaba mal. No bebiste ni comiste nada más. Debías de haber agotado tus provisiones. Eso era lo que más me preocupaba.

Algo andaba mal.

Sin duda habías elaborado un plan, pero empezaba a creer que algo tenía que haber ido mal, que algo de tu planificación había fallado. Me convencí de que tenía que ir pensando en partir. En ese momento reservé el vuelo. Y en la tarde del cuarto día, poco después de haber sacado el billete y cuando estaba de camino al aeropuerto, apartaron las cámaras y a los periodistas. Y entonces supe que algo iba terriblemente mal. Supe que debería haber ido antes.

Esa noche falleciste.

Caíste y falleciste, dijeron. Los creí.

¿Qué otra cosa podía hacer?

Son las cinco y media cuando llego a los suburbios de Lexington y giro en Main Street justo cuando el crepúsculo se convierte en noche y las farolas de las calles se encienden. Aunque debería ser hora punta, casi no hay tráfico: unos pocos automóviles lentos, un peatón aquí, otro allá, eso es todo.

Sé perfectamente adónde tengo que ir, pero en la oscuridad estoy a punto de pasarme la entrada al cementerio. Las farolas solo iluminan la escalinata de piedra con una suave sombra gris.

No dejo el coche en el aparcamiento, sino justo frente a la puerta. Me quedo un momento en el coche, respiro hondo y golpeo el volante con las palmas de las manos un par de veces. Abro la puerta y salgo del vehículo.

Me paro a mitad de camino entre el coche y el cementerio, convencido de que solo deseo descansar aquí un momento, respirando el aire, tu aire, antes de abandonar la ciudad. Pero con un repentino impulso acciono el botón de cierre del coche y casi a la carrera subo los pocos peldaños, paso apresuradamente junto a la estatua de Stonewall Jackson, que proyecta su alargada sombra incluso en la oscuridad de la noche, y continúo por el sendero que cruza entre las primeras secciones de viejas tumbas cubiertas de maleza.

Ciudad pequeña, puertas abiertas. Siento las piernas congeladas y paralizadas, pero los zapatos se mueven con decisión y seguridad por la grava del sendero.

Las farolas alumbran el primer tramo, pero una negra oscuridad me impide ver más de un metro frente a mí cuando me aproximo a tu tumba. No obstante, encuentro fácilmente el camino. A pesar de que solo he estado aquí cuando te enterramos, sé con precisión dónde yaces. He hecho ese camino en mi cabeza tantas veces que podría repetirlo con los ojos cerrados.

Y allí estás.

Esperaba encontrar la tumba abandonada y cubierta de maleza, en todo caso descuidada, pero incluso en la oscuridad constato lo arreglada que está. Los arbustos y las flores están podados a la altura precisa y no tienen hojas muertas, y junto a la lápida hay dos grandes ramilletes de brezo que aún tienen flores recientes, rosas y blancas.

¿Lou? ¿Otros amigos? ¿Él?

Estiro la mano, sorprendido por el hecho de que el mármol blanco no esté sucio ni cubierto de polvo, como había esperado, sino pulido y brillante casi como nuevo. Con mucha delicadeza, paso los dedos por la superficie, siento el frío y liso material deslizarse contra mi palma, tan suave como me imagino que será la mejilla de Lou, si no fuera por el frío, no, más bien es blando como la piel de un animal muerto, la piel de un conejo muerto, y, de pronto, mis piernas ceden, me tambaleo y tengo que buscar un apoyo para no derrumbarme.

La palma de mi mano sobre tu losa.

Está helada y tan suave y satinada como la taza de café esmaltada del mediodía, hace ya una eternidad. ¿Por qué demonios elegiríamos el mármol, la más triste piedra que existe? Me dejo caer de rodillas, luego de costado, con todo mi peso sobre el muslo derecho, y apoyo la frente contra la lápida.

Rodeo con los brazos la piedra fría y sedosa, la estrecho, la abrazo. Y sollozo. Abrazo tu lápida y sollozo.

Sollozo de tal forma que todo mi cuerpo tiembla, dejo que las lágrimas corran libres por mi rostro y sobre tu lápida. Lloro y lloro, como lloré aquella madrugada, aunque una cosa es diferente: por la mañana el llanto procedía de los temblores, ahora es lo contrario.

Y así, mientras lloro y lloro, me doy cuenta de que tiemblo por el llanto, y así, mientras lloro y tiemblo por el llanto, con la mejilla apoyada y las manos alrededor del mármol limpio, limpio, frío, frío, blanco, blanco, que nada tiene que ver contigo, comprendo que hablaba en serio:

Mataré a quien lo hizo.

Y después, después me mataré yo.

IV

LEXINGTON Y BERLÍN

«Tengo ese sueño con una pequeña localidad en la cordillera Azul a la que la gente va para descansar su mente inquieta.»

De nuevo en casa, la frase procede de un libro que leo por tercera vez, no es mía. Yo no sueño con ninguna pequeña localidad. Me gustan las grandes urbes y solo sueño con cambiar mi actual metrópoli, compleja y moderna, por mi amada, anciana y un poco más coherente París.

Tal vez, si me casara con Christine y me retiro a vivir allí, todo convergería en una unidad, todo encajaría y podría elaborar ese libro sobre la diplomacia de la paz que siempre he deseado escribir. Christine tiene un hijo de ocho años al que aún no conozco. ¿Quizá debería...?

Mi cabeza salta otra vez a Lou, a ti y al cementerio; me levanto y salgo del salón, me pongo la ropa y zapatillas de deporte y me echo a correr, incluso antes de salir del edificio.

Evidentemente no lo decía en serio, ¿o sí?

No sé por qué la vida resulta tan triste. Las mujeres siempre piensan que cargo con esta melancolía bajo mis camisas planchadas y aspecto sosegado por lo que te ocurrió a ti. Pero tu madre sabe lo que es.

—Siempre has tenido esa expresión arrogante, como si cargases sobre tus hombros con el peso de todo el mundo —me dijo el año pasado en el día de la boda de unos amigos comunes.

No le llevé la contraria. He hecho todo bien y, sin embargo, siento que soy un fracaso. Me gusta pensar que tiene que ver contigo. Prefiero olvidar que la tristeza es anterior a tu caída. ¿Anterior incluso a tu concepción? He seguido siempre las normas, ¿por qué, entonces, siento que todo lo he hecho absolutamente mal?

Fue tu madre la que me dejó, no al revés. Pero no es ese el punto importante del naufragio. Éramos tan solo dos adultos que añoraban a su hija, incapaces de superarlo. ¿Ves?, incluso puedo decirlo en voz alta. Y estoy feliz por mis otros dos hijos, los gemelos. Contento con la vida que tengo, contento por la libertad, por mi trabajo.

Satisfacción, al menos.

No puedo imaginarme otra cosa.

Llevo casi una hora corriendo, cruzo Kantstraße, pasando al lado del zoo por Budapester Straße, por la parte de fuera en Tiergarten y vuelta. El agotamiento ayuda. Ya aseado y con vaqueros negros y jersey, retomo el tercer libro de Lou, *El hombre inquieto*. Lou olvidó darme su primer libro, pero no me importa. Quiero leerme este otra vez.

¿Me falla acaso mi convicción?

Joanna, ¿de dónde sacaste tu fuerza de voluntad? ¿Cómo sabías que tenías razón?

No la tenías, pero ¿cómo podías sentir tal seguridad en que la tenías?

¿Cómo pudo ser que no consiguiera enseñarte que la duda es una necesidad?

¡Humildad!

No saberlo te mató.

Es un fracaso mío.

Uno de ellos.

No lo decía en serio, ¿o sí?

Me sucedió algo en Lexington que no te he contado.

El hombre inquieto no trata en realidad del hombre que llega a la ciudad, sino de la mujer que lo conoce. Mira, fue eso lo que comencé a soñar despierto. Nunca lo había hecho en mi vida. Creo en la realidad, y en hacer que lo que uno desea se convierta en realidad. Y si un deseo no puede realizarse, me empeño en desear otra cosa. Soñar despierto es una pérdida de tiempo. No tengo talento en absoluto para soñar. O eso era lo que yo creía. Y, de pronto, me sorprendí a mí mismo mirando por la ventana del pequeño bistró de Lexington, observando a las mujeres que pasaban con sus botas de invierno y deseando, deseando de todo corazón, que una de ellas entrara y se sentara a mi mesa. Que con una simple mirada me comprendiera mejor que yo. Que me pusiera una mano sobre la mía y me contara por qué estoy tan triste, por qué siento la vida tan lejana. Y *no* mencionar tu nombre.

Ridículo, sí, tal vez. Y un sueño extraño, piensas, pero es el primero que tengo en mi vida, bueno, salvo quizá esos sueños de tipo sexual que todos los chicos se ven obligados a conjurar por sí mismos desde que cumplen once o doce años (es decir, al menos antes de que internet hiciera omnipresente el porno gratis). Y de nuevo a una cierta edad. Pero, para ser honestos, nunca se me ha dado bien. Necesito piel, carne y huesos, sudor y olor, una mujer auténtica. Tal vez por eso sea tan diestro en el arte de deslumbrar. Una cosa que sí que sé hacer. Lo hago con honestidad y nunca finjo algo que no sea verdad; ese tipo de incursiones solo crean problemas. Me gusta la materialidad, la verdad del momento, por muy fugaz que pueda ser. O así era antes.

Últimamente ya no sé lo que quiero.

Este nuevo sueño no es sexual. No sé lo que es. No sabía que echase de menos algo; salvo a ti, pero eso es lo que es.

¿Por qué sigo hablando de ti?

Antes nunca lo hacía.

Sí, era en ella, en Lou, en la que pensaba. No es que fuera un auténtico deseo consciente, no era porque quisiera hacerla parte de mi vida. Tan solo anhelaba la sensación de tenerla sentada a mi lado.

Creo.

Fue con el café de la mañana.

Antes de verla. Antes de ir al cementerio.

También después. Pero lo reconozco: entonces fue más corporal.

No lo decía en serio, ¿o sí?

Lo que dije en Lexington.

—Mira, no fue culpa mía. Se metía de lleno en un conflicto en el que no debía inmiscuirse.

—¿Los Territorios Ocupados? —Quiero hacerle hablar.

—Sí, hay situaciones que son demasiado complejas, es así. Demasiado sensibles. Tú lo sabes mejor que nadie. ¡Tú eres diplomático! Incluso mi organización se mantiene al margen de esas cosas. —Su mirada se dirige a mi mano.

—¿Y eso qué puñetas tiene que ver? —Bajo un poco la pistola. ¡Qué liberación sería destrozarle la rodilla, por ejemplo! Un simple ¡pam! Luego la otra. Pero antes hay algunas cosas que tengo que saber.

Necesito certezas. Sí, eso es. No dejar que el afán vengador se interponga.

La certeza es esencial.

Creo en la justicia.

—Tendría que haber subido al muro en nombre de HRAW, ¿no?

Es una pregunta trampa y lo sé. No es una información que pudiera localizar en ninguna anotación oficial. Nada implicó a HRAW en aquel entonces, ni posteriormente. Al menos oficialmente. Se supuso que eras una activista solitaria. Una loba. Un ave.

Cree que estoy tanteando, que es un farol, una conclusión que me he sacado de la chistera. No sabe que conozco a Lou, que he leído sus libros, por mucho que en el libro se trate de una organización ficticia. Que encontré tus notas manuscritas.

Traga saliva. Mira a la izquierda y luego a la derecha antes de hablar como si nos encontráramos en un semáforo. Desconoce cuánto sé yo.

—Solo fue una idea vaga —dice—. A Joanna se le ocurrió. La discutimos en alguna de nuestras reuniones de proyecto. Durante un tiempo, esa idea estuvo sobrevolando como una acción ideal a la que todos podíamos aportar algo. Luego le dimos carpetazo. No era una mala idea, pero era imposible. Demasiado arriesgada políticamente. Demasiado arriesgada. Y punto.

Nos miramos, su frente se ha contraído en

estrechas líneas, como si midiera mi determinación, calculara sus opciones.

—Y continuó sola. —Tose—. Sin que yo lo supiera, sin que ninguno de nosotros lo supiera...

—¡Deja ya de mentir!

Llamo a Christine cuando ya llevo unos días en Berlín. No me pregunta, pero le digo con cierta brusquedad que voy a ir a París el siguiente fin de semana. Necesito normalizar las cosas. Normalizarme yo.

El fervor de la señorita L me recuerda al tuyo. Escribe como si no pudiera caber ninguna duda, a pesar de que sus personajes hacen las cosas más absurdas. Como cuando su hombre inquieto trepa a un manzano, no para coger una manzana, sino para poder ver mejor un jardín abandonado en el que ha visto esconderse un puercoespín. Quiero decir: ¿por qué tendría que preocuparle que un puercoespín siga su camino? Es lo que hacen, son así. Y es que ni siquiera es un animal que signifique para él algo especial. Un puercoespín, sin más, como cualquier otro. Y aun así, se sube al manzano en traje y corbata como si no tuviera nada más que hacer y, antes de empezar a trepar, apoya con cuidado la cartera en el tronco.

Del mismo modo fuiste tú a los Territorios Ocupados. Trepaste al muro.

¿Era amor, tú y él?

Pusiste rumbo hacia allí como si supieses exactamente cómo se resuelve un conflicto que dura ya milenios. Como si tu intervención fuese lo que todos habían estado esperando.

—No es cierto —dijiste cuando, por enésima vez, intenté explicarte que las cosas eran más complejas y que iban más allá de las colas infinitas en los puestos fronterizos, los cortes de agua o electricidad, el acceso al hospital, la educación y la libertad de movimiento, los campos arrasados y los olivares, la gente expulsada de sus propias casas, los tanques de la potencia ocupante que las arrasa, padres fusilados y niños arrestados.

¡Un pueblo que es expulsado de su propio país por otro pueblo!

Un pueblo que quiere tener una tierra para sí..., una aspiración vista en innumerables ocasiones.

También hay una historia anterior, inmensos sufrimientos de los criminales actuales, generaciones y miles de años de penalidades. Y en aquellos días también había bombas que explotaban en autobuses o restaurantes, granadas de mortero y misiles que entraban en las viviendas civiles en el lado que pertenecía a la potencia ocupante.

—¡A defenderse de una ocupación ilegal y de una limpieza étnica es a lo que en otros casos se le llama lucha por la libertad! —dijiste.

Y no supe qué contestar, salvo repetir:

—El mundo no es un lugar ideal. Y justamente este lugar concreto de la Tierra es especialmente caótico. La vida es caótica. La política es caótica.

—Ese tipo de caos destruye vidas, mata a gente. ¿Y tú qué haces?

—Mientras sigamos hablando, morirán menos personas —contesté yo—. Las palabras son la paz.

Ahí está.

Uno de los lados de tu camiseta.

¿Quería decir eso que al final estabas de acuerdo conmigo?

¿Era eso lo que intentabas decirme?

—¡Una doble injusticia no es igual a justicia! —habías gritado en aquella ocasión en la que no quise darte dinero para el viaje, que dijiste que era para escribir otro artículo sobre la situación de otra familia desahuciada de su propia casa en R..., J..., B..., o en donde fuese entonces, y yo había sugerido que te quedases en casa escribiendo un artículo sobre alguna monstruosidad más cercana.

—Es lo que haré —habías respondido—. ¡Eso es lo que haré!

Luego hiciste la mochila, yo te miré mientras la preparabas, y fue cuando volviste la cabeza y me sentenciaste.

Y te marchaste.

Un artículo, habías dicho, no una acción.

Cuatro días estuviste subida al muro. De vez en cuando gritabas algo, de vez en cuando ibas de un lado a otro, te girabas a un lado y a otro para mostrar con claridad los textos de la parte delantera y el reverso de la camiseta. De vez en cuando te quedabas sentada, balanceando las piernas.

LAS PALABRAS SON LA PAZ, en la espalda.

¿Te burlabas de mí?

Estabas debilitándote, dijeron en el tercer día los comentaristas de las noticias.

Yo ya lo sabía por el modo en que había disminuido el vigor de tus movimientos, por la pálida contracción de tu rostro, porque los ojos se te habían hundido, por las mejillas que desaparecían y los labios que se habían convertido en dos finas rayas. Los primeros días comías de tanto en tanto nueces y galletas, luego seguramente se te agotaron. También las pocas botellas de agua que llevabas estaban vacías.

Las cámaras recogían primeros planos tuyos prácticamente todo el día. Las autoridades de ocupación te ofrecieron un trato, pero no sé en qué consistía. Un par de veces colocaron una escalera. ¡No se les puede reprochar!

Sin embargo, te negaste a bajar.

La mirada recorriéndolo todo.

¿Qué buscabas?

No, no estabas decidida a desfallecer y caer.

No eras tan radical.

(¿Lo eras?)

Sabía que tenías un plan.

Aunque no sabía en qué consistía.

Aunque era evidente que las cosas no se estaban desarrollando según lo previsto.

Tampoco era que alguien fuese a llevarte hasta allí melocotones y almendras.

Lo veía y no lo veía.

Estaba decidido a mantenerme en mi convencimiento de que bajarías cuando se cumpliese el objetivo que te habías marcado, fuera el que fuese.

Trabajaba y no trabajaba.

Sabía que mis dotes persuasivas no surtirían efecto contigo. Si así fuese, no habrías partido.

Al tercer día, el interés de los medios de comunicación decayó un poco, pero no mucho. Eras la noticia del momento. El cuarto día, hacia la tarde, se obligó a los periodistas a retirarse. Las cámaras se apagaron.

Y nadie.

Nadie te vio caer.

Miente, sé que miente.

—¡Deja ya de mentir! —le grito.

De nuevo el fulgor del sol en los ojos me lleva a confundir a los gorriones con gaviotas, con niños alados contra el cielo. Corres por la cima de las colinas entre los juncos salvajes en Tisvilde, cuatro, cinco, seis años... Brazos, brazos aleteando.

—Vuela, pequeña. Vuela alto —gritaba yo.

Y tú reías mientras lo intentabas, reías y reías, mientras rodabas por las enormes colinas y sobre su ardiente arena. Y otra vez. A trepar, los brazos extendidos a los lados, aletear, caer, rodar. Una y otra vez.

Brazos, brazos aleteando.

La imagen me devuelve al momento y al hombre que tengo delante de mí.

Cuando eras niña lo eras todo para mí. Luego seguiste tu camino y luego falleciste.

Pensaba que algún día volverías. Ahora sé por qué no lo hiciste, y la causa no era lo que yo creía, sino el individuo que tengo frente a mí: un hombre sudoroso y gris, exactamente igual que cualquier otro.

—¡Joder, cuéntame ya la verdad! —grito.

¿Por qué él?

De regreso en París.

El mismo hotel. Siempre me alojo en el mismo hotel, Le Vendôme. Está muy bien situado, tiene un bar razonable y no es escandalosamente caro, aunque solo está un pelín por debajo de los más elevados. Como vengo tan a menudo, me tratan bien. Los franceses tienen algo fantástico. Una vez que te han conocido y te consideran leal a su institución, harán todo lo posible por hacerte sentir bien. Eso es lo que no entienden los turistas que vienen a esta ciudad. Piensan que pueden andar contoneándose durante unos días o semanas y que les van a servir en bandeja de plata. Pero no, los parisinos serán rudos, desagradables incluso, hasta que perciban tu fidelidad, hasta que tú los reconozcas justamente por su peculiaridad, su singularidad, hasta que les muestres el respeto que esperarían si tú fueras un ciudadano corriente de visita excepcional en sus reales estancias.

Reconoce su peculiaridad y vivirás un milagro. Recuerda siempre: eres un huésped en su tierra, su ciudad, su *institución*.

Tuve la suerte de crecer aquí. De no haber sido así, no estoy seguro de que hubiese llegado a comprenderlo. ¿Cuánto tiempo lleva conocer una cultura y todos sus códigos? ¿Un par de años? ¿Cuatro, cinco? Seis, diría yo. Inmersión total. Abrir una cuenta bancaria, dar de alta la luz, el teléfono, aprender el idioma, ir al teatro, a comer, a bailar, ver, vivir y amar y, un día, de pronto descubres que lo tienes: esa forma especial de hacer las cosas, tu vida se vuelve más sencilla, todo cuadra sin esfuerzo, casi sin darte cuenta, la gente te comprende, no solo tus palabras, sino lo que quieres. Todo lo que no dices.

Y tú, tú los comprendes a ellos.

Llevo a Christine a un restaurante más de andar por casa: Le Mazarin, en la esquina de la rue Mazarine y la Jacques Callot, en el distrito VI. No es una elección muy original, pero me gusta ir. El local siempre está lleno de gente, animado, ruidoso de un modo agradable. Toleran los defectos de uno, y tú toleras los suyos. Antes vamos al cine.

Está avisada para que sepa que no necesita preocuparse por el aspecto y, como siempre, está perfecta. Vaqueros negros, de alguna marca de moda y que le quedan ajustados a sus formas esculturales sin ser indecentes, una blusa blanca, holgada y transparente, sobre los hombros un jersey de cachemira de color canela y unos botines de ante exactamente del mismo color que el suéter. Me pregunto si será algo que solo hace cuando estamos juntos o si siempre es así. Un cuidado siempre preciso por los detalles, cuatro brazaletes de cuero trenzado marrón oscuro con cierres de oro, el del centro de color canela, de nuevo en el mismo tono exacto que el jersey. Hemos estado varias veces juntos de vacaciones y también era así. Siempre sin tacha.

La intachable Christine.

Uno se siente muy seguro cuando está junto a una mujer impecable. No es solo que sepas que no va a bajar del coche hasta que se le abra la puerta y, más importante, que no va a decir nada en público que pueda hacerte sentir incómodo, sino que sabes que nunca te va a desafiar. Ni un reproche, ni una pelea, ni una lista de cosas que deberías o que no deberías haber hecho. Tenlo por seguro. Es curioso cómo la sutileza es infinitamente más cómoda, las llamadas telefónicas sin respuesta, la falta de tiempo, la indisponibilidad, el silencio. No un silencio agresivo, solo una pausa en el momento justo, un poquitín más prolongada de lo que debería haber sido, eso es todo. Los segundos extra de aviso, uno, dos, tres...

Hoy el silencio no duró mucho, y el resto de la ligera distancia no me molesta. Sí, me alejé de ella, no le di noticias mías y vuelvo así. No le he explicado por qué.

En realidad, esta pequeña grieta me va bien, sin saber muy bien el motivo.

Pero de camino hacia el restaurante por las repletas aceras, viendo pasar a todas las parejas, algunas que no hablan, otras que discuten acaloradamente y otras más que se besan con intensidad, no puedo evitar intentar tomarla de la mano, y al encontrar solo el aire, me siento invadido por un desesperado anhelo de la intimidad de la armonía. O al menos la reciprocidad que consiste en saber que tu pasado y tu futuro están unidos.

—¿Podré conocer a tu hijo algún día? —se me escapa mientras esperamos que se ponga verde el semáforo que en la place de l'Odéon cruza el boulevard Saint-Germain. Estamos exactamente igual que en el cine: sin cogernos de la mano, sin tocarnos, solo el ligero roce ocasional de los hombros en algún movimiento. Quitarse los abrigos, ponérselos, ofrecer chocolate, sentarnos, levantarnos. Una mano que roza un brazo. No un afecto manifiesto, tampoco ningún tipo de enemistad—. ¿Podré?

No sé por qué lo pregunto. No quiero conocer a su hijo. Lo que quiero es encontrarte a ti, lo que es imposible. Lo único que quiero es verla como madre. Las madres no pueden ser intachables. Quiero ver sus imperfecciones, y así tal vez me case con ella.

Tú no lo aprobarías, Joanna.

De pronto pienso que en ti no había nada perfecto. No de ese modo.

La quiero mucho más de lo que tú crees.

El tiempo y el uso han hecho mella en las mesitas cuadradas de madera lacada y en las incómodas sillas del bistró, y están tan cerca unas de otras que es imposible evitar oír las conversaciones de los vecinos, ni fijarse en lo que comen y beben. Pero la discreción que se demuestra, a menos que seas invitado a participar, es también una curiosidad francesa, así que no tengo que preocuparme de oídos entrometidos cuando Christine me sorprende al preguntar:

—¿Estás seguro de que te gustaría conocer a Grégoire?

Soy consciente de que lo que está preguntando en realidad es hasta qué punto estoy seguro de ella, de ella y yo, y asiento, pero es probable que lo haga con cierta lentitud, con cierta demora, y ella le da un sorbito al vino antes de continuar con una voz bastante agradable y solo ligeramente reservada:

—Es que todavía es muy pequeño. Hay mucho tiempo. La próxima vez, quizá.

Otra respuesta perfecta. Es más inteligente que yo. Desde luego ve las cosas con más claridad. O puede que simplemente sea muy consciente de cómo protegerse.

¿De mí?

No hay duda de que es más lista de lo que yo imaginaba.

En el aire flota cierta incertidumbre ante las palabras de la señorita L, o, mejor dicho, tras ellas. No hay ninguna sobre las propias palabras que escribe, sobre lo que hacen los personajes, sobre cómo lo hacen, sobre cómo se cuenta. La duda está en otro punto. De un modo u otro, junto a todo. En el lector, en el interior del lector. ¿La realidad puede ser verdad? Sí, es verdad. Pero si eso es verdad, ¿qué ocurre conmigo? ¿Con mi vida?

Y tú, Joanna, ¿alguna vez dudaste?

¿La duda se apareció en la oscuridad de la noche? ¿Te giraste sin decírselo a nadie sobre tu lado izquierdo, levantaste la cabeza del almohadón y miraste asombrada hacia la oscuridad? Joanna, ¿era solo una pequeña parte de ti la que dudaba, la que se preguntaba si no habías ido en la dirección equivocada?

Yo tomé el camino correcto. Y todo parecía ir muy bien. Luego hubo un par de cosas que no, pero en conjunto, al margen de una sola tragedia, una de esas cosas que nos suceden en la vida, una pérdida desafortunada, terriblemente desafortunada, y prematura, todo iba bien. ¿Cómo puede ser que todo, no solo esta catástrofe inmensamente triste, sino todo, incluyendo las cosas buenas, correctas y adecuadas, parezca equivocado?

Hay algo que tengo que hacer.

O que quizá tengo que hacer.

¿Es eso que se enrosca con fuerza a mi columna vertebral y que me parte la espalda mientras yazgo de lado entrelazado con Christine, la mujer más completa que he conocido en mi vida? Mi ejemplar totalmente singular, que duerme en silencio, en total y perfecto silencio, tal y como hace siempre, y yo dudo.

La noche está en su punto más oscuro, me alejo de ella volviéndome sobre el costado izquierdo, levanto la cabeza de la almohada y miro maravillado hacia la centelleante negrura al otro lado de la estrecha abertura que dejan las cortinas. Estoy en la cama con la mujer que amo entre los brazos y aun así le doy vueltas: ¿Qué puñetas pasa con mi vida?

Dura poco ese comportamiento tan patético.

A la mañana siguiente le pregunto si quiere casarse conmigo.

—¿Así que en HRAW no se llegó a hablar en detalle sobre el plan? —le pregunto.

—No —responde moviendo el brazo hacia atrás como para subrayar sus palabras y sonar convincente, mientras continúa explicando—: Hubo una o quizá dos reuniones en las que Joanna bosquejó la idea. Cómo iba a subir al muro a docenas de personas, repartirlas por todo el recorrido, cada una en un lugar específico. Atraería la atención de la prensa internacional, de políticos de todo el mundo, explicó. Y era una idea buenísima, pero totalmente irreal. No podía llevarse a cabo. ¿Cómo íbamos a conseguir pasar a casi cincuenta personas a los Territorios Ocupados y subirlos hasta los siete metros del muro sin ser descubiertos por las fuerzas de ocupación? —Menea la cabeza con tono didáctico—. Habrían parado la operación antes siquiera de comenzar. Rápidamente se habría descubierto que nosotros estábamos detrás y nos habrían cerrado la organización. Es así de simple.

Sé que no es verdad. Otra cosa más. No se la habrían cerrado. Ningún Gobierno extranjero tiene capacidad para hacerlo dentro de las fronteras de

Estados Unidos. Reducir la financiación, vale, quizá, pero nada más. No sé por qué, pero me irrita sin medida que me mienta incluso en este tipo de pequeños detalles. ¿Por quién me toma? Vuelvo a levantar la mano con la pistola. Le apunto al pecho.

—¡Dime la verdad! —Lo digo sin gritar, pero con una fuerza tan sorprendente y convencida que incluso apaga el trino de las aves.

Se queda mirando fijamente la pistola, luego algún punto a mi espalda hacia el camino que sube la colina. No tiene ninguna opción de llegar hasta allí, y lo sabe. Ambos lo sabemos.

—Mira —dice—. Ella esbozó el plan de acción. Es cierto que dejé que desarrollara algunos de los detalles. Y sí, pasamos de algo más de sesenta hasta cuarenta y tantos. Sesenta y tantos habrían sido uno por cada año transcurrido desde que el país fue dividido, pero eran demasiados. Nunca podríamos haber introducido tanta gente en los Territorios Ocupados. Incluso cuarenta y pico eran demasiados, pero en todo caso, algo más sencillo de lograr. Y Joanna insistió en que no podían ser menos, pues tenían que corresponder al número de años pasados desde la última guerra importante. La guerra de los Seis Días, la que dio comienzo a la ocupación propiamente dicha. Dije que podía ser una buena idea, porque lo era.

Está delatándose a sí mismo. Sabe demasiados detalles como para no haber estado implicado de manera muy directa.

—La no violencia logra mejor las cosas —continúa—. Es una garantía para llamar la atención tanto de los medios como de las grandes potencias sobre las atrocidades asociadas al muro, la tortura cotidiana de los ocupantes. La gente como vosotros —hace un gesto en dirección adonde yo estoy— habría sido convocada. En pocas horas, como mucho un día, podríamos haber formado el revuelo suficiente como para conseguir una resolución de la Asamblea General de las Naciones Unidas que exigiese la demolición del muro. Quizá incluso para acabar definitivamente con la ocupación. ¡Y eso con el apoyo del Gobierno norteamericano! Ahí radicaba la genialidad del plan:

»Que el Gobierno norteamericano no podría obviar que un alto número de sus propios ciudadanos estuviese en lo alto del muro. O el hecho de que HRAW es una organización americana. Así que... —deja escapar una risa gutural— no le quedaría más remedio que votar contra la fuerza de ocupación. ¿Se verían obligados a forzar y suscribir una resolución de la ONU? Quizá y de una vez por todas a imponer el fin de la ocupación y un tratado de paz justo.

—¿Salvo que no lo hicisteis?

—¡Claro que no lo hicimos! Es una de esas utopías maravillosas que se pueden describir en teoría, pero nunca llevar a la práctica. No es posible políticamente, así de sencillo. Todos lo sabíamos. —Intenta reír otra vez, pero tan solo logra esbozar una raya torcida y apretada en la mejilla derecha—. Algunas veces es bueno soñar. —Levanta los brazos en un amplio gesto, como si quisiera abrazar el aire o invocar inopinadamente a Dios—. Joanna también lo sabía.

—¡Cierra la boca! —le grito.

Se produce un aleteo y el cielo se llena de pájaros.

Pienso en la plaza de la Paz Celestial, en la plaza Tahrir, en Rosa Parks, Emily Davison. Hay hechos que cambian el mundo, la concepción que uno tiene de él, su dirección. ¿Este podría haber sido uno de ellos?

La fuerza arrolladora de ese pensamiento me sobrecoge y reconozco, casi nublándoseme la visión de repente, que nunca me he permitido pensar qué habría sucedido si tu planeada operación en el muro se hubiera llevado a buen término.

¿Qué podría haber conseguido?

Cuando regreso desde París a Berlín, lo hago con un libro más en el maletero.

Este no está escrito por la señorita L.

Es un libro infantil, fino e ilustrado. En inglés. Lo he localizado en W. H. Smith, adonde había ido a comprar un regalo para la hija mayor de Paul, Therese. El sábado cumplía cinco años. Pasaban una semana de vacaciones en París y querría haberle dado el libro allí, pero no pude, y en su lugar le regalé un vestidito. Christine me ayudó a elegirlo. Muy elegante, melocotón pálido con encajes. A Therese le encantó.

El ratón que creía en la bondad, de Mischa Damjan.

Era tu libro preferido.

Tú no eres ningún ratón, ya lo sé.

Querías a este ratón.

Nunca debería haber comprado el libro.

Alemania es un país curioso. Llevo aquí ya un año y todavía no soy capaz de hacerme con él de una forma adecuada. Ni siquiera teniendo un abuelo materno alemán. Puede que suceda así con todos los países. Uno cree que puede verlo desde fuera, describir lo que hace que la cultura, la gente que vive justamente en esta cultura, funcione, cree que la ha entendido, que solo tiene que encajar un par de piezas más. Pero cuanto más te aproximas, cuantos más detalles reúnes, tanto menos entiendes.

El ratoncito chiquito se negaba a tener cuidado con las mandíbulas del gato, como su madre le había dicho que hiciese.

En su lugar, el ratón contaba historias.

El ratón les contaba historias a las flores.

El ratón les contaba historias a las aves, las ranas, los castores, los alces y a los demás animales.

Desgraciadamente, el ratón no consiguió frenar el deseo del gato por los ratones. Pero todos los demás animales estaban en paz y armonía cuando oían las historias del ratón, sí, hasta tal punto que por un momento se olvidaban de cazarse unos a otros y un día hasta la mofeta se olvidó de apestar.

Deberías haberle estado contando historias al mundo y no subida a ese muro.

Ya sé que habrías dicho que ese era tu modo de contar una historia sobre aquello que era más necesario contar.

Tu manera de intentar que los seres humanos dejasen de matarse unos a otros.

Pero esta vez, esta vez el gato te comió.

¿Cómo pudo este pueblo amable y respetuoso de la ley, estos siempre correctos ciudadanos, convertirse en una máquina de matar? ¿Cómo un mismo pueblo puede amamantar a Goethe, Kant, Schiller, Schubert... y, al mismo tiempo, el genocidio más efectivo y minuciosamente ejecutado que se haya visto en la historia de la humanidad?

La pregunta se ha planteado miles de veces, pero no creo que nunca nadie haya hallado una respuesta satisfactoria.

¿Podría pensarse que el anhelo filosófico y artístico de la perfección es solo una cara de una forma radical de pensamiento? ¿Que limpiar a la humanidad de una sangre considerada impura pueda ser en última instancia la otra cara?

¿Te salvó tu muerte del radicalismo que subyacía en tu propia búsqueda de la bondad?

No, no es cierto.

Seguir las reglas, las convenciones, a la autoridad, eso es lo que conlleva un peligro intrínseco. La ausencia de interrogantes. Eso es lo que hizo posible la máquina genocida.

No el ardor, habrías dicho.

Es curioso cómo la idea de la limpieza de sangre se repite en todas las religiones, en todas las ideologías. No creo en la pureza. La pureza es tan espantosa como la limpieza. Nada en la vida debe ser limpio. Me parece que esta búsqueda de pureza nunca ha sido otra cosa que una disculpa de un grupo de personas para cometer terribles crímenes contra otro grupo de seres humanos al que han decidido definir como de menor pureza que ellos mismos. Ha sido puesto en práctica tantas veces a lo largo de la historia que casi se ha vuelto trivial. Haz tu propia lista, desde el exterminio de los aztecas a los armenios, de los judíos a los tutsis, de los bosnios a los rohinyás y los uigures.

No me atrevo a pensarlo, pero oigo tu voz diciendo: «Como las fuerzas de ocupación, que están exterminando al pueblo ocupado».

Pero no es exactamente así. ¿O sí?

Algunos son asesinados, muchos, sí, estamos hablando de un conflicto. No es un exterminio.

Tú estás de acuerdo, dices. Es una limpieza étnica con expulsión. La extinción de un país.

Y eso no lo puedo negar.

De nuevo mis pensamientos vuelven a tus temas preferidos: la previsible condena del *outsider*, el o los que no se encuentran bien en el lugar en el que están, pero también los que no encajan, que no siguen las convenciones, las reglas no escritas, que tú describes como:

«Comete todo el daño imaginable. Pero si sigues las reglas, nuestras reglas, eres uno de nosotros y te protegeremos. Haz solo el bien y ningún mal, pero si no sigues las reglas, no eres uno de los nuestros y te haremos daño».

Esto no es de Shakespeare, sino de tu libreta.

Tu punto de vista sobre la lógica palaciega de las convenciones.

Tu punto de vista sobre la peculiaridad integrada en los Estados nación, ¿sobre el genocidio? ¿O sobre todos nosotros?

En diplomacia hay reglas. Muchísimas. Se dice, no se dice. Se hace, no se hace. Es así, lo necesario tiene que ser. Así es como funciona la diplomacia. Así funcionan las negociaciones. Diálogo. Así es como trabajamos en este mundo para mejorar, o al menos para no empeorar, sin caer en la trampa de las revoluciones.

¡Sin caer!

Creo en el diálogo.

Joanna, ¿no sabes que tras el activismo, incluso el activismo triunfante, es necesario el diálogo?

Creo en el diálogo.

Por eso elegí mi profesión. Mientras la gente hable, nadie será asesinado. En el mejor de los casos, solucionamos los problemas, en el peor, seguimos conversando. No, el diálogo entre partes en conflicto no es perfecto. El diálogo no es *puro*, no es ideal. El diálogo es una representación de lo deseable, igual que la diplomacia misma. Una aproximación a lo ideal. Encuentra la aproximación correcta y habrás dado con la mejor posibilidad en la vida real. Lo que los economistas llaman una *situación pareto-óptima*. No la perfección, ni mucho menos, pero sí lo mejor que podemos obtener. Así es como evitamos una crisis que nos lleve a un conflicto y que un conflicto llegue a ser una guerra. Por eso nunca he comprendido tu frustración con el diálogo diplomático.

Tú estás muerta.

¡Tú estás muerta, yo sigo hablando!

¿Cuándo hemos agotado las posibilidades de diálogo? ¿Cuándo se ha agotado la palabra?

Nunca.

¿Tal vez sea yo el ratón?

Se sienta sin pedirme permiso. Probablemente ha notado el cambio en mi estado de ánimo. No tengo pensado disparar. No ahora, al menos. Yo también doblo las piernas, y mientras la derecha sostiene la pistola en alto, apoyo la espalda en el tronco del árbol y lentamente me deslizo hasta que me siento en el suelo cruzando las piernas.

Así pues, ahora estamos sentados.

Casi no hay viento, es lo único que pienso. No sé por qué de repente deseo que haya algo de brisa. Sí, estaría bien para combatir el inesperado calor de diciembre, pero no es eso; llevo un buen rato a la sombra y siento más frío que calor. ¿Es quizá solo porque de pronto no sé qué va a pasar?

¿No sé en qué dirección ir?

¿Qué decir?

¿Hacer?

Si intentase huir, dispararía. Le daría el alto y dispararía.

Así, sentado frente a mí, no sonríe, pero se muestra casi amistoso, servicial, no sale corriendo, me inquieta.

Miro la pistola y me doy cuenta de que tenerla en la mano empieza a asustarme.

¿Qué más puedo hacer?

Le pregunto a Christine si quiere casarse conmigo y me dice que no, y yo me siento tremendamente aliviado.

También me sirve para percatarme de que sé muchísimo menos de lo que creía sobre Christine y nuestra relación. En todo caso, me resulta evidente que en este alivio hay algo que debería analizar con detenimiento, aunque hay otra cosa que hacer antes.

Antes tengo que localizar tus cuadernos.

El profesor Brill estuvo impresionante. Le llevó menos de catorce días encontrarme la información. No sé si fue tan sencillo porque se trataba de un padre doloroso el que pedía la información, o si sus contactos siempre son tan solícitos.

—Es muy sencillo —dice su voz a través del teléfono—. Ambas partes te vigilaban. Y ambas creen honestamente que la otra parte lo hizo.

El Departamento de Estado no siempre es tan efectivo, como creemos, lo es, pero en este punto yo estaba convencido de que los contactos del profesor Brill le habían dicho la verdad. Corroboraba todo lo que yo mismo había conseguido averiguar. También el epílogo:

—Quien lo hizo no fue ninguno de ellos.

Ni los soldados de la potencia ocupante ni los militantes del pueblo ocupado.

—Dos cosas más —continúa—. Conseguí el informe de la autopsia. Sin duda se cayó. —Titubea—. O...

Lo interrumpo:

—¡No saltó!

—... se cayó —dice—. Lo esencial es que nadie le disparó.

Cierro los ojos. Durante todos estos años no he deseado recordar. La habitación. El local. El frío medicinal en el aire, en radical contraste con el sol abrasador del exterior. El rasgado ligeramente metálico de la cremallera al abrirse y el crujido helador del plástico azul celeste al ser apartado. Sonidos efectivos junto al zumbido del aire acondicionado. Solo quería ver tu rostro. Lo habían reparado, cubierto la abertura del lado derecho de tu cráneo. Casi parecías tú misma, un busto congelado de ti misma, muy bien realizado, incluso hermoso. No tú.

Creo que en algún lugar de mi mente algo me decía que tenía que examinar todo tu cuerpo.

No pude.

No fui capaz de ver tu piel desgarrada, tus huesos y tu columna fracturados, por lo que fijé la mirada en los craquelados azulejos blancos que cubrían tanto el suelo como las paredes del depósito de cadáveres.

Luego, cuando varias semanas después me di cuenta de que era importante, ya te habíamos enterrado.

Tu madre creía que te habían disparado. Yo no. No lo sabía con certeza.

Hasta ahora.

Entonces, ¿por qué te caíste?

Trago saliva, respiro profundamente y pronuncio las palabras con lentitud, de una en una:

—¿Por qué subió sin provisiones, sin ayuda o sin un plan con el que poder descender sana y salva?

—Esa es una pregunta en la que no puedo ayudarte —me dice—. Lo único que pude averiguar es lo que ya sabes: que estaba llevando a cabo una acción de protesta contra la construcción del muro.

—Nunca habría trepado sin un plan para poder bajar. Era demasiado lista como para hacer algo así, demasiado calculadora... —Me repito, lo sé—. ¿Encontraste alguna otra cosa?

—Sí —dice el profesor Brill con paciencia—. Hallé una cosa más, algo un tanto peculiar. Al parecer, el Departamento de Estado lo recibió varios años después... Y como nadie debió de considerarlo relevante, tan solo se registró y se archivó. No sé qué pensar. Fíjate que, por alguna razón, las fuerzas de ocupación no te dieron sus notas cuando te entregaron sus pertenencias. Seguramente pensaron que eran importantes, que tal vez contenían información confidencial, así que las guardaron. Después debieron de descartar esa idea y trasladaron las notas a nuestro Departamento de Estado.

—¿Qué dicen? —interrumpo.

—Es solo un mapa del muro. Pero muy detallado. Y curiosamente, con varias cruces repartidas por todo el perímetro y un círculo en torno a la cruz en la que ella estaba.

De nuevo la sensación en la columna que me encoge la espalda de arriba abajo. Recuerdo que cuando, muchos años atrás, me preguntaste cómo puede vivir la gente cuando se cometen actos horribles en nombre de su Gobierno, te conté que muchos desconocen por completo el alcance de esos actos. No eras muy mayor, diez, quizá once años, pero al instante preguntaste: «¿Cómo es que no lo saben?». Y mi respuesta fue: «Algunas veces prefieren no saberlo».

«¡Yo nunca lo preferiría!», dijiste.

Intento serenarme. Miro la superficie brillante de mi escritorio de caoba, luego hacia las puertas dobles del balcón, que están entornadas para que entre la brisa fresca de primera hora de la tarde. Cierro los ojos, oigo que su voz continúa:

—También hay una lista que no he podido descubrir para qué es... Con unas cifras y letras en mayúscula. Creo que las autoridades de ocupación no le encontraron ningún sentido, en caso contrario no nos la habrían entregado. Es evidente que a nuestro Departamento de Estado tampoco le pareció interesante, no había constancia de la lista ni de nada relacionado con ella en ninguna parte. Al principio pensé que la lista podía ser un código sobre los posibles puntos de acceso a los Territorios Ocupados, pero no tiene mucho sentido...

—¿Cuántas cruces hay?

—No las he contado, pero tal vez media centena o algo así... No sé, puede que sean solo códigos para los distintos puntos del muro que había valorado. Pero lo cierto es que no lo sé... —Su voz se convierte en un murmullo—. Por cierto..., una cosa que quizá sea interesante es que la lista está escrita en un papel con el membrete de HRAW. Es esa organización activista por los derechos humanos...

No puedo respirar. Es como si la ligera brisa se hubiera convertido en un viento gélido, y me levanto para cerrar la puerta de la balconada.

—Los conozco —digo con voz apagada tras una pausa—. Trabajó con ellos en diferentes proyectos.

—¿Pero no en este?

Ahora soy yo el que duda.

—*Nah*, al menos hasta donde yo sé... —digo con parsimonia; por alguna razón no revelo lo que hemos descubierto Lou y yo sobre HRAW y de la que ahora sospechamos. En lugar de eso, vuelvo a la lista que ha mencionado—. Creo que sé lo que significa —digo lentamente y en voz tan baja que casi susurro—. Las iniciales. No pretendía ser la única que se encaramase...

—¡¿Cómo dices?! —me interrumpe, claramente tan aturdido como yo por las posibles consecuencias de esa idea.

Intento recordar la lista de los nombres que vi en tu libreta. ¿Cuántos eran? En aquel entonces pensé que era una lista de invitados a alguna fiesta que estuvieses planeando, tal vez un pícnic. Ahora me pregunto si no me equivoqué totalmente...

—¿Las tienes, las notas?

—Conseguí una copia del informe de la autopsia. Las notas no me las pudieron entregar oficialmente, estaban en una carpeta con mayor protección. Pero tengo algunas fotos hechas con un teléfono. De mala calidad, está claro que o no había luz o no había tiempo suficiente, pero con un poco de atención la mayoría se puede ver. Tal vez ampliándolas... ¿Pero por qué no preguntas directamente a Exteriores? Puede que haya algo más que mi amigo no encontró y que aclare las letras. Quién sabe, a lo mejor ahora están dispuestos a entregártelas, considerando que...

No estoy seguro de si quiere decir considerando que soy tu padre o considerando que soy diplomático y en su día director de la oficina para las Naciones Unidas sobre este tema, justamente, o considerando sin más los años que han pasado. Yo por mi parte no tengo ninguna duda de que nunca me entregarán los documentos. Ya muchas veces antes he solicitado más información. No, el amigo del profesor Brill me ha hecho un favor mucho mayor de lo que él o Brill sospechan. Pero también sé que en absoluto necesito preguntar a Exteriores. Que tal vez pueda dar un rodeo.

Lo que describe el profesor Brill suena muy

cercano al dibujo y la lista con nombres que encontré en tu libreta tras el funeral. Aunque en aquel entonces yo no sospechaba qué era o si podía tener algún sentido.

He regresado a Berlín hace menos de veinticuatro horas y ya sé que tendré que volver a viajar muy pronto.

Se apoya en su árbol.

Yo me apoyo en el mío.

Ambos estamos cansados y no puedo dejar de pensar que esto es un tanto cómico. Yo soy el cazador, él la presa. Así es como debe ser. Yo, el que lo acose hasta cansarlo. Pero yo también me he cansado. Siento que las rodillas aún me tiemblan de estar en tensión tanto tiempo. No quiero hablar con él. Habría querido que él hablase, no que mantuviésemos un diálogo. Pero estamos conversando.

Había muchísimas preguntas que quería plantearle. Pero estoy demasiado cansado como para recordar qué era lo que quería preguntarle.

Descanso en la rodilla la mano de la pistola, que, aunque es bastante ligera, empieza a pesarme. Resoplo como si hubiera corrido.

—¿Es que no tienes claro lo que hiciste? —murmuro finalmente.

—¿A qué te refieres? Como ya te he dicho, no hice nada...

—¡Dejar que creyese! —grito atropelladamente, a punto casi de ahogarme—. ¡Permitir que tuviese fe!

El día anterior al sepelio, estuve en tu piso de Randolph Street, en el centro de Lexington. Nada extraño, teníamos que vaciarlo, cerrarlo.

No me llevé ninguna de tus cosas, no pude. Fue solo un momento, cerré y me marché. Solo miré dos cosas: había una novela abierta en tu mesilla de noche, con una dedicatoria manuscrita para ti; nada que indicara necesariamente que conocías al autor, sin embargo, parecía personal. «A mi amiga» y, después, un nombre ilegible que comenzaba por L. Cerré el libro y examiné la cubierta, que era beige con una gran L negra que desde la esquina inferior izquierda formaba una especie de marco: *El secreto sagrado.*

Sí, mentí: resulta que ya tenía noticias de la señorita L.

Debió de ser el último libro que leíste antes de partir. Su primer libro.

Lo volví a dejar en la mesilla.

En tu mesa de trabajo había una libreta, que cogí. La abrí por la última página que habías escrito, más o menos unas tres cuartas partes. Las anotaciones no me decían nada, solo dibujos y líneas; en la siguiente página había unas largas listas con nombres y números, y otra página más allá, unas flechas y fechas y algo que parecía el plano de una fortificación con numerosas cruces numeradas. Pensé que te aburrías y habías inventado un juego, igual que cuando eras niña.

Nunca volví.

No pude revisar tus cosas. El día siguiente al entierro, le pedí a mi asistente que empaquetara tus efectos personales y los enviara a tu dirección en Berlín. Podía llevar los utensilios de cocina y las cosas grandes a la tienda de segunda mano de la localidad. Así fue. Mi asistente envió dos maletas grandes. El apartamento solo se alquilaba amueblado y por cortas estancias, y tres semanas después ya no estaba disponible.

Sabía que, si no vaciaba el piso inmediatamente, no podría hacerlo. Después de enterrarte me iría de Lexington y no volvería jamás.

Hubo una idea, un pensamiento que nunca quise pensar.

Una reflexión que nunca dije en voz alta.

(«Joanna, ¿elegiste tú morir allá arriba?»)

Muy pocas veces he abierto las dos maletas. Nunca he sacado nada. No creía que contuvieran nada que me acercara a ti o a lo que ocurrió contigo. Las guardé, del mismo modo que conservé tu pisito berlinés.

Me levanto de la mesa, abro la caja de caoba finamente tallada y saco un pequeño monedero azul oscuro, me pongo un gabán y cojo las llaves del coche.

Vives en Joachimsthaler Straße, cerca de Rosenthaler Platz. Así es como sigo considerándolo. Tus hermanos creían que era una locura conservarlo, pero es que no podía ni imaginarme sacar tus cosas, y tu madre tampoco estaba en disposición de hacerlo. El alquiler además no era alto. Llegué a un acuerdo con el casero y simplemente continué pagando la mensualidad. Una cosa más que tu madre considera un signo de que soy un caso perdido en lo que a ti respecta. En un momento dado, el apartamento se puso en venta y lo compré. Dije que era una inversión. En Berlín, los precios están subiendo.

Financieramente tiene sentido.

He pasado por allí tantas veces que casi me sorprende que el coche no haga el recorrido por sí solo. Muy pocas veces me detengo, aparco y entro. Mando a mi asistenta cada dos meses. Solo para quitar el polvo, como yo digo. Nunca he podido decidirme a vender el piso o simplemente a revisar algunas de tus cosas. Hoy, al cruzar el portal y subir por la escalera hasta el tercer piso en lugar de con el ascensor, me doy cuenta de que la alfombra de fibra de coco del pasillo está más oscura, más irregular desde la primera vez que estuve aquí, y observo de pronto la extrañamente moderna escalera y las puertas que dan a lo que son, en realidad, apartamentos viejos, en un viejo edificio, que en algún momento reciente ha sido totalmente renovado. Solo tienes una habitación y media, con una cocinita en la esquina del salón a la izquierda de la puerta de entrada y toda una pared de ventanas con una puerta acristalada que da a un balcón en el lado opuesto. Una gran abertura en arco lleva al dormitorio, que a su vez tiene una puerta que da al diminuto cuarto de baño.

Nada más entrar, voy, como siempre, directo al sofá gris perla, me siento y en cierto modo respiro el lugar. El sofá está pegado a la pared del salón y desde aquí veo el resto de tu hogar, incluso el cuarto de baño, que tiene la puerta abierta tal y como ha estado desde que vine la primera vez. Si giro la cabeza hacia la derecha, veo a través de los vidrios de las ventanas el único, y casi sorprendente, lujo del apartamento: el balcón recubierto de azulejos con una mesa de madera y dos sillas. Los muebles, que siguen ahí, se están pudriendo lentamente. No pasa nada. No son caros. Pero en una ocasión, tras un fuerte chaparrón de octubre, sequé la madera, di a la mesa y a las sillas una capa nueva de aceite protector y volví a colocarlas con cuidado junto a la baranda. Ahí es donde ahora se están pudriendo sin que nadie lo vea.

El piso fue tu base los últimos dos o tres años. Mientras vivías nunca lo visité, pero ahora es la única conexión que aún tengo contigo. Cuando me siento aquí, puedo imaginarte. Admiro las vistas, que un día fueron tuyas. Veo los árboles, quizá un metro más altos que la última vez que tú los viste, dos castaños, un roble y un olmo, veo el paso de las estaciones en los colores cambiantes de las copas, que tú seguramente habrás observado. En otoño, como ahora, habrás encendido pronto la lámpara de mesa y luego las baratas lámparas de papel de arroz del techo. No te has gastado mucho dinero en la decoración, ni siquiera mucho tiempo, me parece, pero en cierto modo, aquí se te siente. El cómodo sofá de tres plazas, con el tapizado de lino desgastado, y el sillón, en cuero de color coñac, que no hace juego y está igual de ajado, y que seguramente compraste en algún mercadillo, están cada uno a un lado de la mesita de centro, en madera de caoba, rayada y desconchada, pero aún elegante, y de la mecedora pintada de blanco. El único mueble de valor es el hermoso escritorio también de caoba de estilo Luis XVI, con finas patas, tres cajones e inserción de cuero verde con motivos en oro, que sé que te compraste con el dinero que te di cuando te doctoraste. Solo las estanterías que cubren dos de las paredes del dormitorio son modernas y anónimas, probablemente de IKEA, pero los libros, encajados unos sobre otros, las dotan de vida y de atractivo.

Abrir las maletas es lo que es difícil.

Las saco de debajo del armario ropero del dormitorio y las llevo al centro de la habitación. Las dos pesan, una negra, una marrón. Me siento por un momento a contemplarlas antes de agacharme bruscamente a abrir una de ellas, luego la otra. Una vez, tal vez dos, lo he hecho desde que caíste. Nunca he tocado nada. Nunca he buscado aquí ninguna pista porque no contaba con hallar nada. Esta vez, al colocar las manos en los cierres para abrirlos, tengo una sensación diferente. Casi con precipitación, saco todo, lo clasifico en montones, aquí las fotos, ahí los libros, la ropa en el suelo, las cartas en la mesita, carpetas y documentos en la mesa alta. Tu vestido blanco de graduación lo cuelgo en una percha del marco de la puerta. Me gustaría que estuvieras a mi lado. Necesito que veas que me estás guiando. Sé que es raro, pero siento extrañamente que es así. Un débil aroma sale de tu suéter rojo al sacudirlo antes de colgarlo del brazo del sofá, un breve reflejo de ti, ¿o acaso me engaña mi olfato?

En el fondo de la maleta negra encuentro lo que estaba buscando. Mi asistente colocó perfectamente tu libreta junto con el libro de la señorita L debajo de unas cuantas carpetas de anillas.

El secreto sagrado, aquí está. El primero de sus libros.

No lo había hojeado, ni leído ningún párrafo, ni tan siquiera mirado cómo era, cuando lo cerré la vez anterior. Como si fuera una biblia personal, una parábola apostólica, algo *sagrado*, sí, me doy cuenta del sarcasmo. Pongo una mueca cómica y abro el libro. En la primera página reconozco la dedicatoria, pero ahora sé su significado: «A mi amiga», y el nombre ilegible.

Tengo curiosidad por leerlo, pero no es eso lo que ahora quiero hacer. En su lugar, cojo tu libreta, la abro y la repaso rápidamente. No has escrito mucho y no como suele hacerse en una libreta o diario, solo fragmentos de frases, algunas citas de algo que has leído y que debió de captar tu interés, y básicamente lo que piensas que parecen notas y referencias a tu trabajo.

Busco algo concreto, así que no leo, solo paso las tres cuartas partes de las páginas rápidamente hasta el lugar donde terminan tus notas. Y sí, allí está, tal y como recordaba: el dibujo, que ahora sé que es un boceto del muro, con las cruces esparcidas y círculos alrededor. Exactamente igual que el que el profesor Brill dijo que había localizado su amigo en los archivos del Departamento de Estado.

Apuesto a que este es una versión anterior. En la página siguiente está la lista con los nombres que yo pensé que serían invitados a una fiesta. Sonrío y meneo la cabeza desaprobándome a mí mismo, y observo ahora tu propio nombre al final. Repaso todos los otros nombres, pero no reconozco ninguno de ellos.

Luego cuento.

Hay cuarenta y siete.

Está sentado observándome totalmente en silencio.

He bajado la pistola. De pronto me siento ridículo. ¿Qué pensaba que iba a hacer él?

No sale corriendo hacia ningún lado.

Tampoco me cuenta lo que tengo que saber.

Miro los árboles, los altos y ancianos pinos, que tampoco me dicen nada, los sauces, que murmuran casualmente para sí mismos, luego al agua, que gorgotea y brilla cegadoramente al sol de diciembre. No sé cómo hacer esto.

¿Qué harías tú, Joanna?

Vuelvo a levantar la pistola.

Me habría gustado tener inmediatamente el informe de la autopsia, el plano y la lista con las cifras y las letras.

El profesor Brill podría haber escaneado las imágenes y habérmelas enviado. Pero ni siquiera le pregunté, teniendo en cuenta la seguridad de las comunicaciones hoy en día. Sabía que había recibido los documentos de un contacto, que a su vez los había obtenido de un tercero. No quería poner en peligro la carrera de nadie. En todo caso, sabía que volvería pronto a Lexington, así que, ¿qué importaba una semana más o menos?

También estaba inesperadamente ocupado en el trabajo. Y como sabía que antes de no mucho tiempo me iría para tal vez no regresar, no podía dejar demasiados cabos sueltos, sobre todo ahora, que había logrado que mi país fuera coorganizador de una exposición en el Museo de Historia Alemana de Berlín sobre las rutas de huida de los judíos hacia y a través de Escandinavia entre los años 1933 y 1945. Tenía que estar en la inauguración la siguiente semana. También tendría que dar un discurso. En honor a los que huyeron.

Me habría gustado hablar de justicia poética, la reparación de la injusticia, que con buena voluntad se puede conseguir para los pocos supervivientes. «Solo los vivos pueden conservar la esperanza de lograr algún día justicia», era mi primera línea. Pero a la hora de la verdad, no fui capaz de escribir ese discurso. Como si no supiera que tras un genocidio, como en cualquier otra muerte violenta, nunca se puede hallar una auténtica justicia. Ni siquiera para los supervivientes.

Puedes obtener una reparación, pero no justicia.

Verdadera justicia, la utopía inalcanzable.

¿A quién queremos engañar?

¿Quizá *justicia* sea solo un término ilusorio que no tiene ninguna conexión real con el mundo? La naturaleza no es justa. El más fuerte impone su voluntad, sus garras, sus dientes. En algunos contextos, a esto lo llamamos *justicia*, en otros, no.

¿Justicia del poder?

¿Es la única que existe realmente?

En paralelo, comienzo en serio con los preparativos.

Al día siguiente realizo el largo trayecto hasta Fráncfort, luego hasta Hamburgo.

Compro un par de guantes, luego otro más. Dos comercios diferentes, dos ciudades diferentes. Pequeñas tiendas locales sin cámaras de vigilancia, espero. También me hago con unas gafas de sol, un par de Ray-Ban normales, de las que tiene todo el mundo. A pesar de hablar alemán con fluidez, en las tiendas decido hablar con acento de la Costa Este de Estados Unidos. Los dos pares de guantes son tan poco llamativos como he podido encontrar. Una talla mayor que la mía. Para un amigo, un primo, digo.

Un par negro, un par marrón.

Los dos de piel, ambos finos, dan mejor agarre.

Cuantas menos pistas deje, tanto mejor.

Entonces me doy cuenta de que no tiene sentido.

No tengo la intención de quedarme.

Reconozco la paradoja de tener libertad para hacer lo que tengo que hacer. Sin padres, sin hermanos, sin mujer. Sin hija.

De todas formas, pagué rigurosamente en metálico y trituré los recibos cuando llegué al despacho. No eché gasolina por el camino y no aparqué cerca de los comercios. En casa corté las etiquetitas de los guantes y también las destruí.

Tal vez solo deseara aplazar lo inevitable. Fingir que no tendría por qué ser así. El profesor Brill tenía su parte de razón: quizá no quiera saberlo.

¿Tengo miedo de saber lo que voy conociendo poco a poco?

¿Temo lo que voy a tener que hacer?

¿O solo me asusta conocer lo que soy capaz de hacer? Si llego hasta ese punto.

En cualquier caso, aún no me he decidido. Todo dependerá de...

Le mando un correo electrónico a Lou en el que le anuncio mi llegada el lunes siguiente.

Luego saco tu libreta de la cajita de caoba en la que la había dejado, me sirvo una copa de tinto y me siento en el sofá. Me gustaría leerla con atención, página a página. Puede que me haya saltado algo importante.

No hay nada.

Tus anotaciones anteriores se refieren a proyectos anteriores, ideas sueltas sobre activismo, que se materializaron o no. Algunas estadísticas. Un poema. Algunos nombres que no parecen relevantes. Algunas citas.

Nada más.

Nada de interés excepto las últimas hojas que ya he visto.

He vuelto a repasar las notas una vez más y estoy a punto de cerrar la libreta cuando con el pulgar noto un grosor mayor en la parte trasera.

Hasta ahora no había mirado la parte posterior porque la última cuarta parte del cuaderno estaba en blanco. Abro la contraportada y veo que en la abertura que forma el bolsillo hay algo. En realidad, hay dos uno encima del otro y el superior está vacío. Pero en el interior, oculto por el primero, encuentro unas pocas hojas A4 muy bien dobladas con un texto muy apretado.

«ODA A UN PAÍS. Ensayo de Joanna Merlin», dice en la parte superior.

El poema que leí en la libreta, y que creí que era una cita de algún otro lugar, aparece aquí como introducción. Vuelvo a echarle un vistazo al texto y comprendo de pronto, con una dicha casi paralizante, lo que sostengo en las manos.

Nunca has publicado este ensayo.

Si lo hubieras hecho, lo habría sabido. Quizá tu intención fuese imprimirlo tras la manifestación en el muro. Seguramente fue así.

Me quema la cara y las manos empiezan a temblar tanto que casi no puedo beber de la copa que tengo ya a la altura de los labios, derramo vino sobre la camisa, y algunas gotas caen en la esquina del escrito, que limpio con la manga.

¿Tengo en mis manos tu explicación...?

«¿Qué se hace con las cosas que son ciertas, pero no se pueden decir?», dice de tu puño y letra en la parte superior derecha de la primera página.

ODA A UN PAÍS
Me gustaría tener palabras
Ensayo de Joanna Merlin,
11 de noviembre de 2013

I wish I had words. There is the
land, there the disappearing
words. Buried are the
people, dust and alphabetic
rubble. Correct spells
celebrating the sins of another. Oh, vowel
waltz. History, that fairy story, everyone's
beloved bride. And one and two
and three and four. Reconstruct,
your chosen word. Justice,
my amnesic cat, sleeps in
prayer for her tierce life
left, the rest are done down alleys, gunned
down, at dizzying speed. And five
and six and seven and eight, around and
nothing, ever more. No
rousing Tom. So what can I
add to this pantomime of injustice in
slow-motion?

At dizzying speed.

Aquí llegan las letras..., ayudadme a desenterrar un alfabeto de Palestina.

A: Había una vez un país, y había gentes en ese país. Había una vez un pueblo en un país que se empeñó en eliminar a otro pueblo. Y casi lo consiguen. Había una vez un pueblo que fue casi eliminado al que le concedieron un país. (Para la seguridad futura, se dijo. Para deshacerse de ellos, no se dijo.) El país que recibieron los que casi fueron eliminados no era el que pertenecía a los que habían llevado a cabo la eliminación. Era el de un pueblo que no había hecho otra cosa más que ser gobernado durante siglos por un imperio, para después ser ocupado durante decenios por otro, que aquí llamaremos el Cuarto Pueblo. Se puede decir que curiosamente fue el Cuarto Pueblo (y sus afines) los que dieron el país del Primer Pueblo al Segundo Pueblo por causa de los terribles crímenes del Tercer Pueblo.

Fue una injusticia llamada justicia.

B: Al Primer Pueblo se los denomina palestinos. Al Segundo Pueblo, judíos. Al Tercer Pueblo, alemanes. Al Cuarto Pueblo, británicos.

C: Y curiosamente no hubo nadie que dijera: «Dadle al Segundo Pueblo Renania del Norte-Westfalia. O Sajonia. O Baviera. O Baden-Wurtemberg». Ya el solo hecho de escribirlo parece un sacrilegio. ¿Pero por qué?

¿No habría sido una justicia llamada justicia?

D 1: Sí, es totalmente cierto: Seis millones de judíos fueron asesinados en el Holocausto. ¡Seis millones! Por el régimen nazi en el Tercer País. Sí, con un poco de ayuda de algunos países vecinos. Sí, hablamos de horrores indescriptibles. Sí, hablamos de Europa (1936-1945).

D 2: Hasta 1948 fueron asesinados menos de mil judíos en los conflictos habidos con palestinos y árabes desde 1900 (en esos mismos conflictos, cinco mil doscientos palestinos y árabes fueron asesinados por judíos).

D 3: En conjunto, en todos los enfrentamientos y guerras entre judíos, por un lado, y árabes y palestinos, por el otro, desde 1920 hasta nuestros días, es decir, prácticamente cien años, fueron asesinados en total veinticinco mil judíos; eso no supone ni siquiera un 0,5 % de la cifra de judíos que mataron los nazis en un solo decenio. (Durante esos cerca de cien años, 91.105 árabes y palestinos murieron a manos de los israelíes.)

D 4: En la guerra de los Seis Días, del 5 al 10 de junio de 1967, murieron alrededor de setecientos soldados israelíes, mientras que por la parte árabe (la mayoría egipcios, jordanos y algunos sirios) perdieron la vida unos dieciocho mil militares. En aquella ocasión, trescientos mil palestinos y cien mil sirios se convirtieron en refugiados.

D 5: La cifra de judíos israelíes asesinados por el terrorismo palestino en toda la historia de Israel desde 1948 a 2013 asciende a 3.791 personas.

D 6: Desde el año 2000, un palestino tiene quince veces más probabilidades de morir por causa del conflicto que un israelí. Sin mencionar aún cómo viven los que viven.

E: El 26 de junio de 1945 se firmó la Carta de las Naciones Unidas, por la que se crearon las Naciones Unidas con el objetivo de «desarrollar las relaciones de amistad entre las naciones sobre la base del respeto al principio de igualdad de derechos y de autodeterminación de los pueblos...».

F: Dos años más tarde, el 29 de noviembre de 1947, la Asamblea General de la ONU aprobó la resolución 181, que recomendaba la creación de Estados independientes árabe y judío en el territorio que hasta entonces había sido *la Palestina británica ocupada.*

G: El Segundo Pueblo aceptó el plan. Las naciones que tenían amistad con el Primer Pueblo, las llamadas *naciones árabes*, lo rechazaron: ¿Dónde había quedado el principio de autodeterminación nacional que da «a la población el derecho a decidir por sí mismos su propio destino»?, se preguntaban. El Primer Pueblo estaba a punto de perder la mitad de su territorio.

H: 1948: Hubo una guerra. La guerra pasó. El Primer Pueblo perdió bastante más de la mitad de su territorio. Más de setecientos mil de ellos se convirtieron en refugiados, desplazados y expulsados (la denominada *Nakba*). Los que quedaron vivían en Gaza y Cisjordania, territorios controlados en aquel momento por dos de sus países vecinos y quizá exageradamente amigos. Los llamaremos Egipto y Jordania.

I 1: El recuento de la población (en censo y en consenso) y el propio cómputo censal de los británicos de 1922 indican que en 1914 vivían 689.272 personas en el territorio que en aquel entonces se llamaba Palestina. De ellas, menos del 10 % (apenas 60.000) pertenecían al credo judío. Ocho años después, en 1922, había un 11 % de judíos, mientras que un 78 % de la población era musulmana y un 9,6 % cristiana. En 1947 la población había crecido hasta los dos millones de personas, de los cuales un 32 % (630.000) era judío, el 60 % (1,2 millones) musulmán y el 8 % (160.000) cristiano.

I 2: Visto históricamente, Palestina solo tuvo una mayoría no musulmana hasta el siglo VI después de Cristo y era cristiana. Solo hubo una mayoría judía en ese territorio en los primeros siglos de nuestra era, es decir, mucho antes del nacimiento del islam en el siglo VI y también bastante antes de la expansión popular del cristianismo a partir del siglo III.

I 3: Hoy, en 2013, viven en los territorios ocupados de Cisjordania y Gaza 4,4 millones de palestinos, mientras que 1,7 millones lo hacen en Israel. Un total equiparable a la cifra de judíos (unos 6,1 millones) que tienen su residencia en Israel.

J 1: La Declaración Balfour de 1917 (una carta abierta del entonces ministro de Exteriores de Gran Bretaña al barón Walter Rothschild, líder de la Comunidad Judía Británica, para que fuera transmitida a la Federación Sionista en Gran Bretaña e Irlanda) manifestaba que: «... el Gobierno de Su Majestad ve con beneplácito la creación en Palestina de un hogar nacional para el pueblo judío, y se esforzará al máximo para facilitar la consecución de este objetivo...».

J 2: ¿Se olvida acaso que la Declaración Balfour continúa: «... quedando manifiestamente entendido que no se hará nada que pueda perjudicar los derechos civiles y religiosos de las comunidades no judías existentes en Palestina...»?

¿O es que nunca significó nada?

K 1: La Declaración Universal de los Derechos Humanos fue adoptada por la Asamblea General de la ONU el 10 de diciembre de 1948.

K 2: Allí no se decía que: «Los pecados de un pueblo contra otro pueden purificarse cometiendo un nuevo pecado contra un tercer pueblo totalmente ajeno».

K 3: Lo que sí se decía es que: «Todos los seres humanos nacen libres e iguales en dignidad y derechos y, dotados como están de razón y conciencia, deben comportarse fraternalmente los unos con los otros»... «Toda persona tiene todos los derechos y libertades proclamados en esta Declaración, sin distinción alguna de raza, color, sexo, idioma, religión, opinión política o de cualquier otra índole, origen nacional o social, posición económica, nacimiento o cualquier otra condición. Además, no se hará distinción alguna fundada en la condición política, jurídica o internacional del país o territorio de cuya jurisdicción dependa una persona, tanto si se trata de un país independiente como de un territorio bajo administración fiduciaria, no autónomo o sometido a cualquier otra limitación de soberanía.»... «Nadie podrá ser arbitrariamente detenido, aprehendido ni desterrado.»

L 1: Los descendientes de los setecientos mil refugiados palestinos originales tras la partición del país en 1948 ascienden hoy a 4,9 millones de personas. Tan solo en Palestina hay ocho campamentos de refugiados en la Franja de Gaza con un total de 1,2 millones de acogidos y diecinueve en Cisjordania que dan cobijo a un total de 741.000 personas. El resto vive en el extranjero, en campamentos, como solicitantes de asilo o como apátridas no identificados. Unos pocos afortunados han obtenido la ciudadanía en algún país cualquiera.

L 2: Para los refugiados palestinos hay en otros países doce campamentos en el Líbano, diez en Jordania, trece en Siria (de los que, debido a la guerra civil, la mayoría de sus habitantes han huido hacia otros campos). Burj el-Shemali, Chatila, Qabr Essit, Homs, Marka, ¿has oído esos nombres? En estos campos nacen, crecen, mueren generación tras generación. Muchos de ellos incluso se crearon en el lejano 1948, desde entonces otros se les han añadido.

M 1: Todos los judíos del mundo, de todas las nacionalidades (incluyendo a los judíos estadounidenses, canadienses, británicos, seguros y sólidamente arraigados, o a los sólidamente arraigados y seguros judíos europeos, escandinavos, daneses), tienen el derecho automático a establecerse en Israel y convertirse en habitantes y ciudadanos israelíes de pleno derecho cuando lo deseen.

M 2: Ningún refugiado palestino (por precarias que sean sus condiciones de vida, por mucho que haya nacido en territorio palestino, de padres palestinos y haya vivido en campos de refugiados desde entonces) tiene derecho a regresar a su tierra. Nunca. Tampoco los refugiados palestinos con residencia en el extranjero tienen ningún tipo de derecho a volver. Ni siquiera si continúan siendo apátridas. Aunque su vida esté en peligro. O si viven en campamentos de refugiados miserables a los que sus familias huyeron precisamente por la creación del Estado israelí en las tierras de sus familias.

N: La Biblia no es un libro de historia. Tampoco es un título de propiedad.

O: Contemos la historia de lo que ocurrió antes: se cultivó la tierra, maduraban las aceitunas, los dátiles, los limones. La gente lo llamó *hogar*. Árboles, lagos, montañas rocosas, valles fértiles y mar. Nacían niños. Los ancianos morían. Mariposas y escorpiones. Un lugar como muchos otros: seres humanos que trabajaban en colinas de un marrón rojizo, seres humanos que descansaban bajo los floridos almendros blancos y rosáceos. Un lugar como ningún otro: ciudades en las que personas de todo el mundo buscan a su dios. Durante miles de años.

P 1: 1967, seis días, del 5 al 10 de junio: la *Blitzkrieg* y las zonas palestinas ya no son controladas por sus vecinos árabes, sino por Israel. De los territorios que fueron conquistados en la guerra, solo fue liberado más tarde el Sinaí egipcio. Aún hoy, Cisjordania y Gaza están ocupadas por Israel.

P 2: El pueblo palestino vive su cuadragésimo séptimo año bajo ocupación israelí.

Q 1: Contemos la historia. Lo que siguió fue la humillación diaria, el mal, la tierra que fluye leche y miel se convirtió en la tierra sin futuro... para el Primer Pueblo, para los palestinos. Se convirtió en la tierra con edificios ruinosos, porque la fuerza de ocupación, los israelíes, no da permiso para su mantenimiento y su reconstrucción. En la tierra intransitable: con un puesto de control tras otro, dirigidos con celo por la fuerza de ocupación. En la tierra dividida: con carreteras especiales para los colonos judíos, por las que ningún palestino puede transitar, aunque estén construidas y partan en dos el terreno que les pertenece, además del transporte público especial *solo* para judíos. ¡Y un muro! Un muro que contribuye a separar a los palestinos de lo que queda de su propia tierra.

Q 2: ¿Cómo van a poder los palestinos cultivar los campos a los que no tienen acceso? Y, sin embargo, la ley dice que, en caso de no cultivarse durante siete años, la tierra pasará a ser propiedad del Estado. Es decir, del Estado de Israel, no de las autoridades palestinas.

Q 3: Sí, intifada tras intifada tras intifada. Acciones terroristas contra civiles judíos israelíes. Una y otra vez. No creo en la violencia. Pero ¿qué se supone que debe hacer un pueblo cuando su país está ocupado? ¿Cuando se ven sometidos a la violencia y la tortura por los ocupantes? ¿Cuando se arresta o se tirotea a sus críos por lanzar piedras contra sus verdugos? ¿Por el simple hecho de estar allí? ¿Cuando está en juego su vida cotidiana, su sustento? ¿Cuando se les impide acceder a sus campos y con ello a su pan, se les priva del agua, de la electricidad, de la asistencia médica y las medicinas, de las escuelas, de los puestos de trabajo? ¿Y cuando el mundo entero lo ve y nadie hace nada?

¿Cómo puede ser que lo que en otros lugares se llama *combate por la libertad*, *resistencia*, *lucha por la autodeterminación*, *democracia* y *derechos humanos*, incluso *guerra*..., en este territorio se llama solo y únicamente *terrorismo*? No creo en la violencia. Estoy en contra de la violencia en todas sus formas, y más cuando se ejerce contra civiles desarmados, independientemente de su credo. ¿Pero alguien puede decir honestamente que su propia gente nunca tomaría las armas si estuviera siendo estrangulada y aplastada por una fuerza de ocupación mil veces superior militarmente..., y eso sabiéndolo el mundo, pero sin hacer nada? ¿Cómo puede ser que la violencia que practican las fuerzas de ocupación en este lugar de la Tierra sea muchísimo más digerible que la de quienes sufren bajo esta ocupación?

R 1: No es fácil hacer literatura a partir de la legislación, ni siquiera cuando las leyes son muchas. Para el uno, pero no para el otro pueblo en el mismo territorio. Hoy en día hay más de cincuenta de esas leyes, aprobadas por el Gobierno israelí. En otros lugares a eso se lo llama *apartheid*.

R 2: Es fácil cometer injusticias con la legislación. Las leyes las hacen los hombres. Es igual de fácil redactar leyes injustas que justas.

S 1: Puede haber muchas razones (todo depende de la perspectiva, de quien tenga el poder) para elegir una palabra sobre la otra. *Asentamiento* es una palabra con muchos significados, de los cuales solo uno de ellos conlleva la imagen de un grupo de personas expulsando violentamente a otro grupo de personas de la tierra de la que hasta entonces han vivido, han sido propietarios y han cultivado durante generaciones. *Saqueo de tierras* es otra expresión.

S 2: En 2013 viven casi setecientos mil colonos israelíes en el territorio que internacionalmente es reconocido por todos los Gobiernos del mundo como perteneciente a Palestina. 382.000 colonos viven en 121 asentamientos en Cisjordania y trescientos mil en asentamientos en Jerusalén Este. Todos estos asentamientos están oficialmente establecidos y apoyados por el Gobierno israelí.

S 3: Desde la guerra de 1967, los colonos israelíes se han ido anexionando de un porcentaje cada vez mayor de tierras palestinas y las han convertido ilegalmente en territorio israelí. El Cuarto Convenio de Ginebra dice: «La potencia ocupante no podrá deportar o transferir partes de su propia población civil al territorio que ocupa». La Corte de Justicia Internacional ha declarado ilegales los asentamientos, y lo mismo ha hecho la Asamblea General de las Naciones Unidas, al igual que muchos otros organismos de la comunidad internacional. Aun así, el Gobierno de Israel continúa apoyándolos y extendiéndolos y cada año se añaden nuevos asentamientos.

S 4: Cisjordania se parece a una piel de leopardo cuyas manchas se agrandan y se multiplican a medida que se establecen nuevos asentamientos. Las carreteras para los colonos, que solo los judíos pueden transitar, separan a los palestinos de sus vecinos, de las ciudades cercanas, de los suministros de agua, los hospitales, las tiendas, las familias y los amigos..., además de su propia tierra. Por cada nueva mancha, se desaloja de sus casas a palestinos, se los expulsa de su tierra, se les niega el acceso mientras la tierra en sí se hace inhabitable, ingobernable.

¿Hay alguien en el mundo que pueda hacer algo por detenerlo? Sucede cada día. ¿Hay alguien que piense que no es intencionado? ¿Has mirado el mapa?

T: La sangre no es bonita. La limpieza étnica no es bonita. La ocupación no es bonita. ¿Puede ser la razón por la que el país ocupante no permite a su propia gente visitar el país ocupado? ¿Por eso las fuerzas de ocupación se ponen tan furiosas, tanto que lo contemplan como traición, si a uno solo de los suyos, de sus propios escritores, se le ocurre denominar a los territorios ocupados como ocupados?

U: Hay muros, fronteras y puestos de control; ciudadanos divididos en clase A, B y C; se acabaron los días de playa, por supuesto, y una gran parte de la familia a la que desde luego no ves porque A no puede ir fácilmente a ver a B, que tampoco puede visitar con facilidad a C, y viceversa. Así que, aunque desde Jerusalén puedas ver Belén, si eres de Belén, no puedes casarte con alguien de Jerusalén, o, mejor dicho, puedes hacerlo, pero no puedes obtener permiso para cambiar de ciudad, y si, de todas formas, lo haces, no podrás registrar a tus hijos en ningún lado, no serán *nadie*. Se estima que hay diez mil niños así..., ¿cómo se los puede llamar, *no-niños*? Nacidos dentro del matrimonio, pero sin acceso a ningún tipo de registro social. No pueden ir al colegio, no pueden ser ciudadanos, ni en una ciudad ni en la otra. Están vivos, pero, no obstante, no existen.

V: Lo sé, lo sé, lo sé: una injusticia enorme, un horror indescriptible, un brutal genocidio indescriptible, es lo que se perpetró contra el Segundo Pueblo, que casi fue eliminado en el país del Tercer Pueblo por el Tercer Pueblo, que sigue manteniendo su propio territorio. Lo sé, lo sé, lo sé: a lo largo de la historia, esta injusticia se ha puesto en marcha a menor escala en muchos otros países, muchos otros pueblos. Pero también sé, lo sé, lo sé, lo sé: que ninguna injusticia justifica otra injusticia. Y tú... ¿tú lo sabes?

W 1: También los judíos dicen basta. Muchos. En todo el mundo. En 2014, Jewish Voice for Peace de Estados Unidos llamó a detener los ataques a Gaza y parar la ocupación de Palestina, y lo repitieron los comunicados de muchas otras organizaciones y particulares judíos. La Red Internacional Judía Antisionista de supervivientes judíos y descendientes de las víctimas del genocidio nazi se ha pronunciado: «Condenamos inequívocamente la masacre de palestinos en Gaza y la ocupación y colonización de los territorios históricos palestinos. Además, condenamos a Estados Unidos por financiar a Israel para que pueda llevar a cabo los ataques y a los países occidentales en general por usar sus esfuerzos diplomáticos para proteger a Israel. El genocidio comienza por el silencio del mundo. Estamos preocupados por la extrema y racista deshumanización de los palestinos en la sociedad israelí, que ha alcanzado niveles enfermizos. Dentro de Israel, políticos y expertos han animado abiertamente en *The Times of Israel* y *The Jerusalem Post* al genocidio de los palestinos, y los israelíes de derecha están adoptando simbología neonazi...».

En Tel Aviv se manifestaron miles de ciudadanos judío-israelíes contra los últimos y violentos bombardeos de Gaza. Prominentes judíos como Naomi Klein no solo dijeron «no más, no en mi nombre», sino también que están dispuestos a boicotear a Israel para obligar al Estado a renunciar a la ocupación. El pianista argentino-judío-israelí Daniel Barenboim llegó incluso a adoptar la ciudadanía palestina.

W 2: También los soldados tienen ojos, orejas. Voces. Algunos rompen el silencio y con valentía cuentan: «Nuestra misión es *destruir* —esa era la palabra exacta—, destruir y aterrorizar a la gente», decía uno. Otro explicaba: «Entramos en Ramala sin que lo justificasen razones de seguridad. La pusimos patas arriba, con auténtico odio, arrestamos a ochenta personas por la noche. Nos volvimos locos. ¿Que a qué me refiero? En cada casa en la que entramos destrozamos las bombillas con las culatas de nuestras armas, y como disculpa operativa dijimos que la luz nos molestaba. Utilizamos las culatas, los cañones para... una violencia física de un nivel indescriptible». Y un tercero: «Son seres humanos... Vale, maté a un niño, vale. Se ríen. Bueno, ahora puedo pintar un globito en mi arma. Un globito en lugar de una X. O una carita sonriente (los soldados hacen marcas en sus armas para indicar las personas que han matado)».

Podría seguir y seguir. Como los testimonios..., y son los propios soldados de Israel.

¿Cuánto más tiene que oír el mundo para escuchar?

X: También tienen oídos los dirigentes de las personas descendientes del Segundo Pueblo, que casi fue eliminado y que recibió un país que ya tenía un dueño, el Primer Pueblo, que ahora intentan borrar (al menos, de ese territorio).

Pero todas las disposiciones internacionales, como la primera resolución, la 242, adoptada por unanimidad por el Consejo de Seguridad de la ONU el 22 de noviembre de 1967 y que subraya «la inadmisibilidad de la adquisición de territorio mediante la guerra y la necesidad de trabajar por una paz justa y duradera en Oriente Medio, en la que todos los Estados de la zona puedan vivir con seguridad»..., y que exige entre otras cosas «la retirada de las fuerzas armadas israelíes de los territorios ocupados durante el reciente conflicto...», así como todas las resoluciones posteriores 338 (1973), 446 (1979), 1322 (2000), 1397 (2002), 1402 (2002), 1403 (2002), 1405 (2002), 1435 (2002) y 1515 (2003), sobre cuya base el Consejo de Seguridad de la ONU tomó el 19 de mayo de 2004 la resolución 1544 que «pide a Israel que respete las obligaciones que le impone el derecho internacional humanitario, e insiste, en particular, en su obligación de no proceder a la demolición de viviendas en violación de ese derecho...» han caído en saco roto. El saco en el que las guarda el Gobierno israelí.

Y 1: ¿Dónde han quedado todas las buenas palabras pronunciadas o escritas? ¿Qué ha sido de ellas?

No tengo más palabras que las que ya han utilizado otros antes. Si tuviera una piedra, ¿la lanzaría? No, eso no va conmigo. La violencia significa retroceder, no avanzar. En su lugar, prefiero lanzar mi pluma a la contienda. Esto no es un texto, es un espejo. Un espejo de la dejadez del mundo desde el año 1948 hasta hoy en día. Un espejo de la injusticia, la indiferencia y la terrible desesperanza. Un espejo de la perpetuación: una eterna prolongación de los crímenes que comenzaron con el Holocausto y que ahora continúan sin fin las víctimas de aquel mismísimo genocidio. Quizá no del mismo modo o en el mismo grado, pero indiscutiblemente dirigido contra un pueblo al que no pertenecían los criminales. Un espejo de un pueblo que durante decenios ha sufrido una limpieza étnica en su propio país mientras el mundo observa. Un espejo contra el que yo y otros escritores debemos lanzar nuestras plumas hasta que se haga añicos.

Y 2: Un Estado en todo ese territorio para todos sus pueblos, sin divisiones, sin fronteras, bueno, sí, tal vez una separación interior en dos provincias (algo ya propugnado en su día por diversos movimientos internacionales) sería quizá la solución más bonita y a largo plazo más duradera, adecuada tanto para el territorio como para todos sus pueblos. Pero tal vez no sea realista pensar que se puede lograr en estos momentos. Así que, como todo el mundo es consciente desde hace mucho, una solución bastante justa, o tal vez deberíamos decir más realista dada la situación actual, sería una división siguiendo las fronteras de 1967. Habría que hacer pequeños ajustes, que podrían ser negociados para adaptarse a la evolución desde entonces. Con el desmantelamiento de todos los asentamientos israelíes en territorio palestino. Y Jerusalén como un protectorado común. Dando a los palestinos los mismos derechos que a los judíos, incluido el de regresar a su hogar. Y una compensación económica por las pérdidas y las propiedades destruidas.

Proporcionando una garantía internacional para una sociedad pacífica y jurídicamente justa. Una garantía de seguridad, legalidad y orden, facilitada y financiada por Alemania y Europa. Sí, desde luego para los judíos, sin duda. Pero también sin duda y por fin, por fin, para los palestinos.

Z: El poder del alfabeto está en las manos de aquellos que tienen el poder.

NOTAS

Fuente D 1: Biblioteca Virtual Judía

Fuente D 2: Biblioteca Virtual Judía

Fuente E: PACTO DE LAS NACIONES UNIDAS, artículo 1.2

Fuente K 3: Declaración Universal de los Derechos Humanos, artículos 1, 2 y 9

Fuente L: UNRWA

W 1: Téngase en cuenta que estas declaraciones se hicieron durante y después del bombardeo israelí de Gaza en el verano de 2014

Fuente W 2: www.breakingthesilence.org.il

Llueve en Berlín.

Lo hace a menudo. A mí me gusta. Me da una sensación de calma, sin la necesidad imperiosa de salir. Debe de ser esa pulsión nórdica que llevo en la sangre, el sol es una orden, sus rayos tienen que permitirte atravesar la oscuridad invernal de los siguientes ocho meses.

Hoy, como desafiando a la lluvia, me pongo la chaqueta y le digo a mi secretario que tengo que ir a un recado en el centro.

El recado es un paseo. Debo pensar. No he dormido.

—Tres cosas hay que considerar, creo yo. En primer lugar, la memoria selectiva. En segundo, la fragmentación y, con ella, la reducción de la sensación de culpa que surge cuando toda una nación, o al menos un grupo amplio de personas, es copartícipe de la culpa de uno. Y en tercer término, la reescritura de la historia, de los papeles de cada uno hasta convertirlos en mitos más aceptables.

Es lo que había dicho el profesor Brill cuando lo llamé. Y como estoy empezando a tomar por costumbre, sentí que podía plantearle preguntas que, como diplomático, no puedo hacer a otros.

¿Cómo pueden vivir así?

¿Cómo lo hacemos nosotros?

¿Cómo hace uno...?

No puedo ausentarme más de una hora, así que no me alejo mucho, tan solo doblo la esquina en Rauchstraße, a la derecha por Stülerstraße y luego junto a los dorados arces, castaños y plátanos de la linde del parque hasta cruzar Tiergartenstraße y bajar por una de las callejuelas laterales, una más y todavía otra antes de dar con un café suficientemente impersonal y de atmósfera anónima, entrar y sentarme a una mesa junto a la ventana.

Pido una taza de té.

La camarera es joven, aparentemente estudiante, que trabajará a tiempo parcial.

—*So gerne.*

—¿Cómo puede uno vivir con algo?

El profesor Brill había vacilado lo suficiente como para que me diera tiempo a preguntarme con qué tendría que convivir él. Y luego no pude evitar pensar lo mismo sobre mi propia existencia...

—Si miramos la historia de los diferentes países, se ve rápidamente que la mayoría de las naciones han cometido hechos espantosos, solo cambia el grado. Muchos de ellos quedan ya tan atrás en el tiempo que esas acciones se han transformado en mitos y los villanos en héroes. Así es como se sobrelleva. Es lo que todos hacemos. —Se había reído, como de sí mismo—. Por eso la historia se repite.

»Créeme, soy historiador —había añadido poco

después con su risa ronca—. Solo si la barbarie es lo suficientemente abrumadora y evidente, y, solo y exclusivamente, si el criminal no es también el vencedor, se hará necesario reconocer la culpa en algún momento. Y solo entonces podrán purgarse. Mira a tu alrededor. Tú estás allí. En el único país en la historia, Alemania, que ha tenido que admitir por completo su culpa histórica. —Hablaba con una intensidad inusitada, pero luego devolvió a su voz la calma habitual—: Vivimos con ello porque estamos obligados. Igual que los alemanes. Igual que hacemos todos. Cada uno de nosotros, también en nuestras vidas.

—¿Pero qué puede uno hacer? ¿Como ser humano? ¿Qué se puede hacer si se busca la justicia a agravios anteriores? ¿O si el daño lo han cometido los tuyos? ¿Cómo se puede compensar?

—Se puede intentar remediar. Realmente es todo lo que podemos hacer. Hay quien intenta expiar los pecados de su tiempo, o van a la caza de la justicia que no es tal. Venganza. Por desgracia, la venganza lleva algunas veces, o, mejor dicho, por regla general, solo a nuevos pecados...

—... pecados que nuevas generaciones tendrán que expiar o vengar —completé yo su frase, y reímos con cierta tristeza.

—Es casi como una ley de karma racional, político, que hace girar y girar al mundo.

Nos despedimos y colgué.

Sé cómo habrían continuado tus cifras, mi trabajo era saberlo:

En los bombardeos de Gaza del verano de 2014 fueron asesinados 2.300 palestinos, entre ellos 513 niños. En el mismo «conflicto» resultaron muertos 71 israelíes, de los cuales 66 eran soldados y uno fue un niño. La cifra de judíos israelíes asesinados por el terrorismo palestino en los sesenta y seis años de historia de Israel, de 1948 a 2014, es de 3.791 personas. Una mínima fracción de las cifras de palestinos muertos por Israel en el mismo periodo. Y ni siquiera una milésima parte de los judíos asesinados durante una década del Holocausto.

Así que, ¿a qué viene ese odio disparatado?

Sueno como tú.

Estudio a la camarera cuando regresa con el cambio. No parece tener problemas con el karma nacional. Pero quién sabe.

Dejo una generosa propina y vuelvo lentamente a la oficina.

De camino, llamo a Christine.

—Perdona —le digo—. Pero tengo que ir a Lexington otra vez.

Cuando acabé de leer tu *Oda a un país* me quedé paralizado durante mucho tiempo, quizá media hora, tal vez una entera, doblé con esmero los papeles por sus mismos pliegues marcados y los volví a meter con cuidado en el bolsillo posterior de la libreta, donde los había encontrado.

Una vez que has elegido un lado, ya no hay vuelta atrás. Mis palabras para ti.

V

LEXINGTON

Siete días después aterrizo de nuevo en el aeropuerto de Dulles, en Washington.

Los guantes, las gafas de sol y la chaqueta los tengo cuidadosamente guardados en la maleta que llevo rodando a paso rápido por el aeropuerto hasta llegar a la oficina de alquiler de coches en el mismo aparcamiento. Había alquilado un anodino Ford automático, gris metalizado, de cinco puertas, que podría pertenecer a cualquier padre o madre de familia.

No sé por qué me preocupo tanto por pasar desapercibido. Si llevo a cabo mi objetivo, no estaré aquí para asumir las consecuencias. Y si no es así, no habrá consecuencias.

Quizá tan solo me tranquilice hacer *como si*, estar preparado para cualquier eventualidad, como si pudiera haber todo tipo de desenlaces diferentes del que tengo planeado.

Cuarenta y siete nombres en la lista de tu libreta, son cuarenta y seis y el tuyo.

¿Coincidirán totalmente los nombres con el número de iniciales y cruces en el mapa que localizó el profesor Brill?

No volví a llamar para preguntar cuántas había exactamente. No estoy seguro de por qué, pero algo me retiene. Confidencialidad incluso con las personas que me ayudan. Creo que es más seguro.

El profesor Brill sabe algo.

Lou sabe otras cosas.

Christine no sabe nada.

Me digo a mí mismo que es la mejor manera de proteger a la gente que quiero.

Es un viaje largo. Salgo de Washington a través de un laberinto de incorporaciones y desviaciones y entre el tráfico denso de la ciudad, y ya estoy en camino por la autopista 66 directo al oeste. Es un poco más largo, pero mucho más rápido que tomar la ruta 211, más directa, en dirección sur. Al principio todavía hay bastante tráfico, es hora punta, y los coches marchan con pocos metros de distancia. Pero cuando voy dejando atrás Fairfax y Haymarket, la circulación se hace más fluida y puedo llevar el coche a un ritmo regular mientras contemplo el amplio y cada vez más desolado horizonte y me pregunto si tendré razón sobre los otros cuarenta y seis. Y si podremos hacerlos hablar.

Muchos de ellos habrán trabajado para HRAW y algunos seguramente en sus oficinas centrales, en el límite noroccidental de Lexington. Aunque no le presté demasiada atención, de la última vez que estuve en la ciudad recuerdo perfectamente su aspecto: un moderno edificio cilíndrico de cristal, casi como un globo, situado en la ladera que baja hacia la ribera del Kerr's Creek, algo fuera de lugar en el paisaje de la pintoresca ciudad vieja. Desde dentro del edificio, las vistas seguro que son impresionantes. ¿Quizá alguno de ellos aún las disfrute? ¿Por qué no iban a seguir allí? Por mucho que haya una alta tasa de rotación en los voluntarios jóvenes, no deja de ser la localidad natal de la organización. Años atrás, JR también fue docente en la universidad de la ciudad. Hoy en día, solo da alguna conferencia de vez en cuando. Apuesto a que considera una ventaja mantener su cuartel general en una pequeña localidad alejada de la arena política, bajos costes por metro cuadrado y una larga fila de estudiantes dispuestos a trabajar gratis. HRAW no necesita un contacto muy directo con el Gobierno estadounidense, por lo que solo dispone de un pequeño despacho en Washington con unos pocos empleados que se encargan de recopilar información en los pasillos de la administración central. Una oficina un poco mayor junto a la ONU, en Nueva York, se ocupa de los contactos con donantes y de las negociaciones internacionales y multilaterales, y, por último, la organización dispone de oficinas en Río, Islamabad, Johannesburgo y Berlín, que cubren sus respectivas zonas geográficas.

La oficina de Berlín es para la que trabajaste. Hacia el final. Como la mayoría, comenzaste en Lexington mientras estudiabas. Luego fuiste trasladada a Berlín. No tengo ninguna duda de que JR tenía a menudo una buena razón para pasar por Berlín.

Hace tiempo que salí de la autopista 66, que va en dirección este, a la 81, que se dirige justo hacia el sur, y pronto el paisaje llano de campos de labor cambiará a las cada vez más redondeadas colinas, que poco a poco se van cubriendo de bosques y haciéndose más montañosas, y entonces veo cómo la oscuridad verde grisácea del perenne horizonte da paso a una gama cada vez mayor de verdes más claros, amarillos velados, rojos y sienas, mientras intento no pensar en ti.

No pensar en Lou.

No es tan extraño que el profesor Brill no haya visto la relación. Su base está en Manassas. Únicamente va a Lexington a dar clase un par de veces por semana, y eso solo en los últimos años, mucho después de que JR se mudara a Nueva York; allí trabaja en la oficina de la ONU, donde puede encontrarse con los donantes y obtener informaciones extraoficiales sobre conflictos y las respuestas internacionales que se les da.

Sí, allí me lo he topado.

No una vez, sino muchas.

Siempre lo he creído. Que fue el amor lo que te llevó a elegir bando. Que habrías elegido otro, si algún abogado del otro lado te hubiera mostrado fotos de sus hijos hechos pedazos por la bomba de un terrorista suicida. Siempre tomabas partido por el más débil de cada momento. Como si la vida fuera tan simple. Me habría gustado que lo fuera, Joanna, de verdad que me habría gustado.

Me habría gustado poder hacerte entender.

El amor ciega, es lo que se dice. Personalmente creo que el amor vuelve idiota. Eras demasiado inteligente como para ser tan idiota, eso es lo que me gustaría contarte.

Demasiado inteligente como para querer a este farsante sudoroso que tengo enfrente.

¡Y ni siquiera estuvo a tu lado!

¡A la hora de la verdad!

Acción, no palabras, como dirías tú.

—¡No debería haber estado sola allá arriba! —grito con todas mis fuerzas.

Me llamaron desde Copenhague. El departamento de personal, la directora.

—Solicítalo —me dijo—. Necesitamos un embajador en el que podamos confiar, y puede que vaya siendo ya hora de que salgas de Nueva York.

Fue hace unos años o, para ser más exactos, un poco más de dos años. No sé qué dijeron mis colegas, pero alguien tuvo que decir algo. No los culpé.

Sabía bien que estaba obsesionado por el trabajo y seguro que era un jefe exigente, y quizá incluso complicado, un perfeccionista, que esperaba siempre la excelencia y la infalibilidad, de mí mismo y de los demás. Prácticamente no hacía nada más que trabajar, aunque en la sede central nadie levantaba siquiera una ceja, pues ese tipo de comportamientos son la norma entre muchos de los empleados de la ONU. Pero a mí me había destinado allí el Ministerio de Exteriores danés, y aún quedaba alguien en Dinamarca que creía que su trabajo era preocuparse.

Ese día dejé la oficina y crucé la Primera Avenida, pasé junto a la sede del Programa para el Desarrollo en la calle Cuarenta y cinco y atravesé muchas calles y avenidas sin prestar demasiada atención. Continué hacia el noreste hasta llegar a la iglesia de San Bartolomé, en la esquina de Park Avenue y la Cincuenta y uno. No es que tuviese ninguna relación con este templo, o en realidad con ninguna otra iglesia, nunca entro excepto en las ocasiones en las que lo hacemos todos: bautizos, comuniones, bodas. Funerales. Pero ese día lo hice. Y elegí San Bartolomé porque estaba lo bastante cerca como para poder ir andando, pero a una distancia suficiente como para no arriesgarme a encontrarme con alguien de la oficina. Como, además, era lo bastante antigua como para ser un edificio protegido, estaba convencido de que tendría la atmósfera que estaba buscando; la que emana de una generación tras otra de almas ansiosas por hallar lo indefinible. Algo más grande que ellas mismas.

Estaba en mitad del sermón. San Bartolomé es una iglesia episcopaliana, y como otros muchos daneses, yo soy luterano. Pero no había ido a escuchar. Me senté a la derecha, en el cuarto banco empezando por atrás. Estaba allí para pensar. Recé. Por primera pero no por última vez en mi vida recé a Dios, o evoqué algo que supuse que podía ser una oración.

Intenté rezar.

No estoy muy seguro de cuánto tiempo estuve sentado. Fue la imponente vibración de los tonos menores en el órgano la que me devolvió al presente, a los bancos y a los fieles de los asientos más cercanos al altar. De pronto recordé que alguien (¿quién?) me contó en su día que San Bartolomé acoge un excepcional órgano, famoso en todo el mundo. En aquel momento, en todo caso, sacó a mi mente de sus laberintos, y cuando los ecos se fueron apagando lentamente, fue como si Dios hubiera, en efecto, respondido a mis plegarias: sabía con meridiana claridad qué debía hacer.

Regresé a la sede de la ONU y le pedí a mi secretaria que llamara a la directora de personal del Ministerio de Exteriores y le agradeciera el puesto.

Desde entonces, rezar se ha convertido en una costumbre, por mucho que nunca sepa con seguridad a qué dios me estoy dirigiendo. También fue por esa época cuando empecé a hablar contigo.

Hasta bastante tiempo después no me enteré de que la antigua pila bautismal de San Bartolomé fue realizada por el escultor danés Bertel Thorvaldsen.

Durante años había creído que, si me fuera posible, los Territorios Ocupados, la paz, si pudiéramos tan solo establecer una tregua razonable, poner en marcha un proceso de paz serio, crear dos Estados independientes y viables y derribar el muro, porque ya no fuese necesario, en fin, que de algún modo triunfara la desesperada esperanza de tu última acción, entonces recobraría yo la tranquilidad de espíritu.

Y de repente, en la iglesia, supe con indiscutible seguridad que no ocurriría.

Al menos, no durante mis años de servicio.

Y ese día desistí: de hacerlo posible.

Sin reconocérmelo a mí mismo, todo el tiempo supe que nadie, al menos nadie en mi posición, sería capaz de lograr una paz duradera entre estos países.

La paz de espíritu era todo lo que podía esperar.

¿Había también algo simbólico en Berlín?

Tú, que falleciste en el tramo de un nuevo muro. Yo, que fui nombrado embajador en la ciudad que había derribado su muro.

Con toda seguridad.
No fue por eso por lo que fui allí.
¿Cómo podía negarme?

Hasta esta mañana temprano, cuando mi avión despegaba del aeropuerto de Tegel y me dirigía por segunda vez en otros tantos meses a la ciudad donde estás enterrada, no he admitido una verdad obvia: me trasladé a Berlín porque allí estuvo tu última residencia.

Esbozo una media sonrisa al pensar en la negra ironía de que al final, dentro de muy poco, se podrá decir lo mismo de mí:

Su última residencia estuvo en Berlín.

Al menos tendremos eso en común.

—¡No debería haber estado sola allá arriba! —repito.

He recuperado el temple, la firmeza, y me he puesto de nuevo en pie, me he acercado a él, casi sin darme cuenta. Estoy a solo unos metros de distancia, lo suficientemente cerca como para apreciar las gotas de sudor junto a sus orificios nasales, y vuelvo a sentir la rabia como un sarpullido ardiente bajo la piel, vuelvo a oír los roncos gritos de las gaviotas, su aletear, como si fuera una señal. Bajo el brazo con la pistola a lo largo del cuerpo. Sabe que está ahí.

Bajo la voz, pero su furioso temblor no deja lugar a dudas:

—¿Dónde estaban los demás?

También JR se levanta, da un paso hacia atrás, tropieza con una raíz, pero no se cae. Niega con la cabeza, como si no hubiera comprendido de qué le estoy hablando.

—Ella creía que estarían todos, ¿no? Un amplio grupo de manifestantes subidos al muro. ¿No era así?

—¡Se canceló! —Habla con voz baja y grave, como si intentara repetir mi tono, mientras se esfuerza al mismo tiempo por sonar amistoso y convincente—. La operación se suspendió. ¡O... nunca llegó a ponerse en marcha! —Tartamudea—. Lo que sucedió con Joanna fue terriblemente trágico. ¡Espantoso! Pero HRAW no tuvo nada que ver. En ningún momento habíamos desarrollado un plan de acción o anotado punto por punto lo que ocurriría, cosas que hacemos para cada una de las acciones que sopesamos seriamente llevar a cabo.

Ahora lo tengo donde quería: está mintiendo.

—Estoy segura de que él lo sabía.

Es lo que dijo Lou justo antes de que yo partiese cuando salí de aquí hace casi cuatro semanas.

—Incluso si hubiera sido otra persona la que hubiera tenido que avisar a Joanna de que la operación se había cancelado, no me cabe ninguna duda de que él tuvo que saber que ella partía... y deliberadamente se lo permitió. En caso contrario, ¿por qué no se apresuró a ir a los Territorios Ocupados para hacerla bajar...?

Cuando lo dijo no pensé mucho en sus palabras, salvo que era evidente que a JR no le tenía mucho aprecio. Ahora, mientras con un débil zumbido el automóvil devora kilómetro tras kilómetro de la casi recta y vacía autopista, me llegan repetidamente como un eco del que no puedo librarme, y lo que más me apetece es atravesar la ciudad e ir directamente a la casa de Lou en el bosque. Sé muy bien que es una locura irrealizable. Aunque conduzco rápido, serán bastante más de las diez de la noche cuando llegue a Lexington.

Casi no la conozco.

—Lo hizo él, pero no lo hizo solo. Todos ellos estaban implicados.

¿Qué es lo que no hizo?

¿Y quiénes son *ellos*?

Lo que tengo que preguntarle es si lo sospecha o si lo sabe.

Si conoce sus nombres o alguno de ellos.

Si coinciden con los nombres de tu libreta.

Si me puede ayudar a ponerme en contacto con ellos.

Pero antes debo recoger el mapa y los papeles que tiene el profesor Brill.

Aparco y me registro en el hotel, uno diferente del de la última vez. No me apetece que me reconozcan, así que esta vez he decidido no alojarme en el centro de Lexington, sino en las afueras de la ciudad, no lejos del Virginia Horse Centre, en el Best Western Inn, utilizado principalmente por viajeros de negocios, familias que visitan a los estudiantes universitarios y, por supuesto, gente que viene a la enorme feria de caballos. No es ostentoso, pero sí muy cómodo y, lo que es aún más importante, tiene más de setenta habitaciones. Nadie se fijará en mí. Puedo ser un viajero cualquiera o un conferenciante. Será un lugar perfecto hasta que tenga hechos los preparativos de la cabaña de pescadores.

Aunque es tarde, saco la ropa y los artículos de aseo, mezclo un vodka con zumo y salgo al balcón con el vaso a repasar un par de veces mentalmente mi plan para los próximos días.

Esta vez quedo con el profesor Brill en el Lexington Coffee Shop.

—Creo que es mejor —me había dicho un tanto cortante cuando lo llamé poco después de las nueve de la mañana. Al principio me sorprendió, pero luego pensé que sería más bien una muestra de inquietud ante la situación que algún tipo de animadversión. Y tenía razón. Media hora después entra en el café con una amplia sonrisa y me saluda con su habitual risa profunda.

Intercambiamos impresiones sobre el tiempo, que es bueno, y sobre la situación mundial, que es lamentable. Soleado y sorprendentemente suave para diciembre, y un giro hacia el nacionalismo que no se veía desde los años treinta. Nosotros somos previsibles, el mundo no lo es.

Tras haber pedido un café, el profesor Brill se sienta a mi lado y saca de su maletín una carpeta, la coloca sobre la mesa y cruza las manos sobre ella. Su mirada recorre con atención el local, como midiendo el espacio y la distancia hasta los oídos más próximos. He elegido una mesa junto a la pared, al final de la cafetería, y los pocos clientes que hay están bastante lejos. Nada de lo que preocuparse.

—Aquí está. —Es americano y va directo al grano. Con una rápida mirada a los demás clientes, que parecen ocupados en sus propias conversaciones, empuja la carpeta hacia mí—. Pase lo que pase, esto no te lo he dado yo. —Silba casi con alegría y ríe ronco, aunque su mirada es seria—. Mejor que no lo hubieras visto nunca...

Dejo el dónut a medio comer, me limpio los dedos con la servilleta y empujo a un lado el plato antes de abrir la carpeta amarilla.

—No podía contarlo todo por teléfono —continúa el profesor Brill—. Pensé que era preferible que los que pudieran estar escuchando creyeran que solo he tenido acceso a la versión oficial. Las hojas superiores son copias y fotos de lo que está accesible en el archivo. —Vuelve a silbar—. Pero luego había un papel con una nota y un sello que indicaba que había otros documentos relativos al caso en los archivos de máxima seguridad. Allí es donde estaba la lista de las cifras y las extrañas combinaciones de letras. Volví a comprobarlo y supe que no se había hallado ningún código u otras notas que indicasen que alguien había intentado averiguar lo que significaban..., aunque seguro que debieron de trabajar en ello. En otras palabras: dudo que alguien sepa de qué van las cifras y las letras...

Sacude la cabeza sin asomo de ironía y a mí me viene a la mente lo mucho que lo aprecio. Y eso me lleva a pensar que es una pena que no vaya a permanecer aquí mucho tiempo; podríamos haber llegado a ser buenos amigos.

—También está en la carpeta el informe de la autopsia, al final.

—Gracias —le respondo mientras intento aclararme las ideas—. Muchas gracias. —Ya antes de abrirla comprendo el valor de lo que me ha dado. El riesgo que otro ha corrido para conseguirle esto—. Gracias —digo por tercera vez.

—Mira ahí. —El profesor Brill señala un párrafo de la segunda hoja, al final del informe. El texto está tan desvaído que no soy capaz de leerlo a la débil luz que reina en el café—. Desnutrición —lee en alto—. Deshidratación.

Niego con la cabeza, aún no lo comprendo.

—Se desvaneció —dice él—. Dos días, ¿tres? Sin comida, sin bebida. No lo resistiría nadie. Con el calor. Y en esa cornisa estrecha.

—Cuatro... —Me doy cuenta de que mi respiración es acelerada, como si hubiese corrido—. Había llevado agua, nueces... La vimos comer... en la televisión. —Intento respirar lentamente. Me niego a creer que lo hiciste intencionadamente. Dar tu vida por la causa. No. No, tú no eras así de radical.

—No fue suficiente para mantenerla en pie. No durante cuatro días.

—Lo sé..., pero mira, es algo que nunca he llegado a comprender. Mi hija habría llevado agua, en cantidad suficiente, comida, provisiones de algún tipo, mantequilla de cacahuete, barritas energéticas... Ella era así, ¡superorganizada!

—A menos que no tuviese planeado quedarse arriba.

Vuelvo a respirar con rapidez. Es inteligente, enseguida da con la misma teoría que a Lou y a mí también se nos ha ocurrido. Sin embargo, aún no estoy listo para revelar mi propia tesis, antes quiero oír la suya.

—Si no hubiese planeado permanecer arriba, ¿no habría bajado cuando las fuerzas de ocupación le ofrecieron colocar una escalera? —pregunto.

—En realidad, la pusieron. Y si la retiraron fue porque ella no quiso bajar. Y tampoco quiso cesar en su manifestación... Pero eso ya lo sabes. Varias veces le ofrecieron la posibilidad de bajar. Pero el precio sería una disculpa pública y retractarse de su afirmación de que los muros son la guerra, algo que ella rechazó...

Te mataron de hambre.

Caíste.

Caíste porque no tenías fuerzas para mantener el equilibrio. No tropezaste y perdiste el equilibrio. Te mataron de hambre hasta que se aseguraron de que no podrías mantenerte en pie. Es una cuestión médica: ¿cuánto tiempo tarda un ser humano bajo un sol abrasador y sin comida ni agua en perder el uso de sus sentidos? ¿Su estabilidad?

Se deshicieron de la prensa.

Caíste.

(¿A cuántos tengo que matar?)

El profesor Brill me coloca la mano en el brazo.

—No llegues a la conclusión a la que estás a punto de llegar —dice como si hubiese leído mis pensamientos—. Colocaron una escalera, le dieron a tu hija todo tipo de oportunidades para descender. Si le hubiesen ofrecido agua o comida, se habría quedado arriba. Hicieron lo que se hace cuando se pretende que alguien baje: mantenerse firmes y apostar a que, cuando la persona tenga suficiente hambre o sed, bajará por su cuenta.

Asiento. Odio reconocerlo, pero yo habría hecho lo mismo si hubiera sido el general al mando. Sin embargo, hay algo que no comprendo.

—De todos modos, no entiendo... —digo—. Eso ella también lo sabría. Entonces, ¿cuál era su plan? ¿Por qué no bajó? ¿Por qué permaneció allí sin comida, sin beber... durante días, hasta que no pudo más?

—Eso no te lo puedo decir. Simplemente no lo sé. —Niega con la cabeza y se reclina en su asiento, hablando lentamente—. No había nada en los archivos que pudiese explicar... Solo podemos hacer conjeturas... Las tuyas probablemente mejores que las mías.

Bebemos el café en silencio. Ambos sabemos que en la respuesta a esta pregunta se oculta la respuesta de *a quién* estoy buscando.

—Nunca habría trepado hasta lo alto sin planificar cuándo y cómo bajar —digo una vez más.

Una mesa, una taza de café, un informe.

En realidad, allí no hay muchas novedades, y, sin embargo, mi mundo cambia mientras estoy allí sentado. No te dispararon. Cierro los ojos, me imagino que saltas. ¡No puedo! Es contra natura. Contra tu naturaleza. ¿Pero caerte? ¿Esperaste intencionadamente hasta caer? ¿Para de ese modo provocar una crisis, era ese tu plan?

No, no, no.

También eso iría contra tu naturaleza, no lo

veo, o tal vez es que no quiero verlo. Tú conocerías las necesidades de tu cuerpo. Y tropezar, no, no, está descartado. Eras grácil, estabas alerta y, donde tú estabas, el muro era ancho. No, no puedo imaginar que caerte fuera una parte del plan. Me paso la mano por el pelo, no lo comprendo. La caída. Es absurdo, ocurrió algo que no estaba planeado.

Cierro los ojos, vuelvo a ver ante mí las imágenes de televisión: tú, caminando adelante y atrás, girando..., mirando a tu alrededor... Decidida, pero, en cierto modo, pareces poco a poco más inquieta, con los vaqueros y la camiseta amarilla, que cada vez está más mugrienta... Me doy cuenta de una cosa en la que no había reparado. Un detalle mínimo. Pero fundamental. ¿Cómo pude haberlo pasado por alto? Nunca tuviste la intención de permanecer allá arriba más de un día.

—Llevaba la misma ca-camiseta... Llevaba puesta la misma camiseta —tartamudeo.

Bebo mi café, el profesor Brill el suyo. No hablamos. Solo se oye el vago sonido de voces jóvenes indeterminadas procedentes de las otras mesas.

—Consiguió lo que quería, tenía a la prensa mundial pendiente del muro. Su mensaje llegó a los líderes de todo el mundo. Y, sin embargo, no quiso bajar. —Aparto la taza—. No tiene sentido.

—Tienes razón —dice el profesor Brill—. Algo se torció desde el primer día.

—¿Pero qué?

No lo digo, pero de pronto siento un disparatado impulso de ver a Lou. Empujo la silla hacia atrás y me pongo de pie.

—Tengo que irme.

Cuando estamos en la acera a la puerta de la cafetería, el profesor Brill me pone la mano en el hombro.

—Pásate otra vez antes de irte —me dice.

Justo antes de girarse para marcharse, y con un gesto despreocupado que contradice la seriedad de su voz, añade:

—No hagas ninguna locura.

Se va colina arriba hacia el este, en dirección a la universidad. Yo tomo el camino opuesto, al oeste, bajando hacia mi coche.

—¿Por qué permaneció en lo alto del muro? —grito con tal fuerza que varios gorriones levantan el vuelo y hacen mecerse las ramas arriba y abajo—. ¿Por qué, por qué permaneció?

Un gorrioncillo escuálido salta en el extremo más fino de la rama, mira, parece que se dispone a volar tras los demás, pero se detiene, como si no supiera hacerlo.

«Hay una fuerza, y esa fuerza eres tú.»

Esa es la frase que resuena una y otra vez en mi cabeza mientras salgo de la ciudad subiendo la colina en dirección al bosque. No es de Lou. Encontré esas palabras en tu libreta. Seguramente escritas para él, para tu jefe, ¿tu amante?

«Hay una fuerza, y esa fuerza eres tú.»

No sé si es algo poético o es banal. Quizá las dos cosas. De tu mano suena intranquilizador: El hombre al que se lo escribiste tiene el poder de elevarte. Y dejarte caer a tierra.

Conduzco lentamente mientras subo la colina.

Sé con precisión sobre qué tengo que preguntarle. En cierto modo, puedo adivinar la respuesta, pero aun así la temo. ¿Es eso lo que ella ha comprendido todo este tiempo? ¿Es por eso por lo que escribió estos libros, porque no sabía qué otra cosa hacer? ¿Esperaba que los leyera y la localizara, para después ir a la búsqueda de la justicia, también en su nombre? ¿O solo quería compartir su sentimiento de culpa con el mundo, conmigo? No lo sé, y no sé si quiero preguntárselo.

Quiero un nombre, el nombre, tener la certeza sobre ese nombre.

Todo lo que quiero saber es cómo terminaste en ese muro, totalmente sola.

Eso es lo que quiero preguntarle.

Me gustaría oírla decir que tengo razón: que no deberías haber estado sola en el muro. Que esperabas algo que nunca se materializó. Que no hay espacio, ni el más mínimo resquicio, para la idea de que te hubieras dejado morir de hambre intencionadamente para parar el muro con tu caída.

Aunque no sea un muro, sino un tejado, ¿*El hombre sin hija* habla también de ti?

Aparco, subo hasta la casa y llamo a la puerta.

—No es tan sencillo —dice Lou.

El libro trata de una manifestación que tienen que realizar muchos, pero en la que, por unas cosas u otras, se queda sola una mujer, y esta mujer muere, sumiendo a su aturdido padre en una búsqueda desesperada por averiguar qué ocurrió.

Estamos sentados en su enorme terraza de madera con vistas a la ladera del bosque que baja hasta el lago. El sol de diciembre es sorprendentemente cálido y ni siquiera necesitamos cubrirnos con las mantas de lana que ha sacado. Las ardillas juegan sobre la barandilla sin miedo a caer.

¿Cómo lo hacen?

Cuando Lou me abrió la puerta, se produjo una vez más ese instante de silencioso reconocimiento, un paso al lado para indicar que era bienvenido, la casi imperceptible sonrisa y ni una palabra. No hay duda de que es una mujer que puede volver locos a los hombres, que los vuelve locos. No a propósito ni con ninguna intención, desde luego, sino como mera consecuencia de su existencia. Porque no puede ser de otro modo. Pero no a mí, a pesar de que de pronto me doy cuenta de que he pensado muchísimo en ella, desde el momento en que recogí su libro del suelo de W. H. Smith en París. Pero yo tengo otra misión.

Creo que no tiene ni la más mínima sospecha de ello, de su propia fuerza.

Me es indiferente, me estoy aproximando al final del camino.

—He hecho algunos progresos —digo levantando la copa de vino que, a pesar de ser solo las once de la mañana, me ha servido—. He conseguido el informe de la autopsia. A Joanna no le dispararon. Estaba desnutrida... —Saco el informe y se lo alcanzo, mientras mis palabras se convierten en un susurro—. No estoy seguro de qué pensar.

—Claro que no dispararon a Joanna —replica Lou sin apenas echarle un vistazo al informe—. Nunca lo he pensado. Se cayó. Demasiado tiempo sin comida ni bebida, y se cayó.

Asiento sin ninguna necesidad, y no me atrevo a preguntar si cree que ese podría haber sido tu plan.

—La pregunta es ¿por qué la abandonaron allí?

—¿Quiénes? ¿Las fuerzas de ocupación?

—No, es bastante obvio. Estoy segura de que intentaron rendirla por hambre; lo esperable. Era una activista que estaba manifestándose contra su política, el levantamiento de un muro enorme. Habría sido idiota por su parte darle comida y que pudiera seguir a su vez alimentando al mundo con imágenes de un muro que no quieren derribar.

—Vuelve a dejar escapar el aire por una pequeña abertura en la boca, como si estuviera fumando sin cigarrillo—. No, él y su organización: Derechos Humanos para Todos.

—¿Él? ¿JR?

Ella asiente.

—¿Era su amante?

Vuelve a asentir:

—Creo que sí. En cualquier caso, durante un tiempo. Una de esas historias de amor sin salida, que no tienen futuro... En realidad, ni siquiera sé si ella lo buscó. De hecho, no sé nada con seguridad, salvo que estaban unidos, muy unidos... Joanna nunca habló de eso. Y yo no le pregunté. Creo que quería protegerlo...

—¿Y todas las personas que decías que la odiaban, de qué iba eso..., «los hombres despechados y las mujeres celosas»...?

—No todos la odiaban. Creo que ella estorbaba, nada más... Él era su dios, ella era su preferida, una historia tan vieja como la existencia humana.

Lou se levanta y camina por la terraza de un lado a otro. Lleva el pelo más corto, pero igual de desordenado, y sigue cayéndole sobre la cara tal y como la vi la primera vez durante el entierro. Su fino cuerpo es atractivo, pero muchos cuerpos lo son. No, es la extraña mezcla de vacilación y decisión en sus movimientos lo que la hace diferente, el fervor que nunca decae en su tenue voz, pero, sobre todo, el nunca menguante ardor de sus ojos.

Sus ojos, que nunca se oscurecen al juzgar, como siempre vi en los tuyos.

—La gente es ambiciosa —dice. Y no lo dice como quien sabe que acaba de hablar del fenómeno más común, sino reflexivamente, como algo muy extraño y digno de mención que ha descubierto poco antes—. Mi novela no es lo que ocurrió. Yo no sé cómo sucedió —continúa, a la vez que su expresión cambia bruscamente—. Lo escribí, lo presenté, porque quería saberlo. —Se corrige a sí misma—: Aún quiero saberlo.

—Pues vamos a ello —replico sacando la lista con las letras y las cifras de la cartera.

Tal y como había sospechado, vemos al momento que los números de la lista que me entregó el profesor Brill se pueden trasladar directamente a las iniciales de los nombres que están escritas en tu libreta. Es incluso demasiado sencillo: 1 es A, 2 es B, y así sucesivamente. 284 es Beatrice Howard Dean. Los que tienen varias cifras son un poco más complicados, como 1623, Oscar Varsu, pero no llega a ser un problema de verdad, teniendo la lista con los nombres para comparar. Asumías lo que hacías, pero no querías que te impidiesen hacerlo. No querías ser descubierta hasta que la acción se hubiera llevado a cabo, pero no temías las consecuencias jurídicas que seguirían. Como las fuerzas de ocupación no tenían jurisdicción en tus países de origen, no necesitabas ocultar posibles pruebas, y podías dejar a la vista tu libreta sobre la mesa de tu casa, donde yo la hallé. Nadie podría haber supuesto que las anotaciones en clave que te llevaste eran una versión codificada de tu plan, que es lo que ahora estamos descifrando poco a poco.

Cifras que se convierten en letras que se transforman en nombres.

Cuarenta y seis.

Más el tuyo.

Veintinueve mujeres, dieciocho hombres. ¿Habrá más féminas activistas en tu mundo porque están más comprometidas? ¿O es solo que llaman menos la atención y por eso tuvieron preferencia en un proyecto como este, en el que podían cruzar los controles fronterizos y de seguridad sin ser identificadas?

Ahora carece de importancia, así que dejo la pregunta en el aire.

Cuarenta y siete.

Mi alivio es enorme, casi alegría.

Es otra pregunta que ya no tengo que hacerme.

Ya no hay ninguna duda.

Tu plan no era desfallecer hasta perder el equilibrio.

No eras tan radical.

Cuarenta y siete.

Me río en alto, alegre.

Luego viene la rabia.

Por las iniciales junto a las cruces del plano sabemos dónde tendría que haber estado cada uno.

Pero no estuvieron.

¿Por qué?

Esa es la pregunta que tenemos que plantearles ahora.

En este mundo moderno no es difícil ponerles cara y detalles de contacto a los nombres: las redes sociales y los buscadores revelan más información y más rápidamente de lo que los servicios nacionales de inteligencia del pasado podrían haber logrado. Es cierto que algunos de los nombres son muy comunes, y como no sabemos mucho de las personas que estamos buscando, no podemos ampliar la búsqueda con residencia, formación u ocupación. Lo que queremos averiguar son números de teléfono. Lou está convencida de que la llamada directa sin previo aviso es la única manera de descubrir algo. Ni correos electrónicos ni mensajes con antelación que pudieran darles la posibilidad de preparar o coordinar las respuestas. Así que tampoco podemos llamar a medida que vamos localizando los teléfonos. Tenemos que reunirlos todos y luego dirigirnos a ellos de una vez.

Lleva su tiempo y no podemos dar con todos ellos, pero a medida que vamos completando varios perfiles, vemos que una buena parte aún trabaja en temas de derechos humanos o similares, como el desarrollo internacional y la ayuda humanitaria. La mayoría indica que en algún momento la actividad de la HRAW ha estado entre las causas que han apoyado, y muchos mencionan también haber trabajado para la organización y algunos hacerlo en la actualidad. Así, siguiendo ese hilo, podemos llegar a identificar a algunos más.

Las redes sociales sirven para muchas cosas: reconozco muchos de los rostros de las fotos tomadas en tu funeral que vi en la biblioteca de la universidad. De otros no estoy tan seguro. A muchos de ellos los habré visto también en el entierro, pero no lo recuerdo. Aquel día no miré la cara de la gente.

Sabemos de antemano cómo funciona HRAW: con un núcleo relativamente pequeño de personal fijo en sus cinco sedes, que contratan consultores de proyecto, líderes para acciones concretas y voluntarios para todos los proyectos e iniciativas específicos que se ponen en marcha. Sospecho que no más de ocho o diez de los cuarenta y seis nombres serían compañeros tuyos en aquel momento. De los otros, unos pocos habrán sido contratados y el resto voluntarios. Podría ser útil saber quién era qué, porque eso nos permitiría centrarnos en los que pudieran poseer más información que el resto. Los voluntarios probablemente no sabrán casi nada. Pero no tenemos más información que la que hemos reunido y ahora no podemos perder el tiempo hurgando más en ello. Esperamos tan solo que esos datos vayan apareciendo conforme avancen las conversaciones telefónicas.

Mientras yo anoto lo que sabemos de cada persona, Lou revisa los documentos que me entregó el profesor Brill, y de pronto se detiene.

—¡Mira esto! —Señala un pasaje en uno de los informes.

Allí se mencionaban algunos nombres que no habíamos visto en otros lugares y tampoco parecían tener ninguna relación con el sistema de números e iniciales.

—Nathalie Hassan, Ali Manoush, David el-Hanani... —lee en voz alta.

Suena a nombres locales, quizá traductores, guías, conductores, socios colaboradores o ayudantes *in situ* de algún tipo. Decidimos dejarlos al margen por ahora, porque con seguridad sería casi imposible encontrar algo. Lou dice que quizá pruebe más adelante, una vez oído lo que tienen que decir los otros.

Ha oscurecido y, cuando finalizamos el trabajo, hace ya tiempo que nos hemos trasladado adentro. Tenemos bajo control, o al menos suficientemente localizados, un tercio de los perfiles aproximadamente, y disponemos de sus números de teléfono.

—Creo que podemos empezar con estos de

aquí —dice—. En realidad, solo necesitamos que uno de ellos quiera hablar.

Miro el reloj. Ya son más de las ocho y estaba a punto de ser demasiado tarde para llamar a personas totalmente desconocidas.

—Quédate y comemos —dice Lou colocando su mano sobre mi brazo antes de levantarse—. Los llamamos mañana a primera hora.

Tiene una forma de moverse como la de un animal, pero no estoy seguro de qué animal. Uno salvaje. Como si cada movimiento fuese el que debía ser y ningún otro. No es delgada y elegante como Christine, ni etérea y escuálida como cuando la vi unos años antes en el entierro. La vida la ha rellenado. No es que esté rolliza, solo un poco de blandura en torno a los huesos, cierta madurez, un guepardo adulto. Sí, a eso es a lo que me recuerda, a un guepardo. Bien alimentado y amistoso, por ahora. Pero no estoy seguro de que no pudiera cambiar en una fracción de segundo si decidiera que su siguiente comida soy yo.

Se gira hacia mí y sonríe.

Soy un imbécil, pienso.

—Ven —me dice, y yo la sigo atravesando el salón y la cocina para dar en el dormitorio al final del pasillo.

Las paredes son blancas y en el suelo hay la misma tarima antigua deslavada que en el salón. Las finas cortinas blancas bordadas, que se mueven suavemente como mecidas por una imperceptible corriente que llega del marco de las grandes ventanas, dan a la habitación un aspecto de cuento de hadas, casi sobrenatural, que no hace más que acrecentarse con la colcha de terciopelo azul oscuro con ribetes dorados que está tendida a lo ancho de la cama de matrimonio.

Hay pilas de novelas en las mesillas a ambos lados de la cama. Mis músculos lumbares se contraen en una repentina irracionalidad: ¿un hombre, un amante?

Se sienta en el lado derecho de la cama sin mirarme y coge un grueso volumen del fondo de la pila de libros, un álbum de fotos. Lo coloca sobre sus piernas, lo abre y pasa algunas páginas, encontrando rápidamente lo que busca.

—Mira. —Señala una foto de una de las primeras páginas.

Me siento a su lado. Huele a bosque otoñal y me aproximo un poco más a ella. No miro la foto, sino sus rodillas, donde termina el borde del libro. Bajo sus delgadas medias se intuye un vello rubio y fino, y lo sigo con la mirada subiendo desde la rodilla por su musculosa pierna, que lentamente se convierte en un elegante muslo redondeado que desaparece por debajo de la falda gris y por debajo del álbum, hasta que un mínimo destello aparece de nuevo al otro lado del libro, donde hay una pequeña abertura junto al botón inferior de la falda. Me acerco un poco más, sintiendo su mano en mi brazo. Tomándola por los hombros, la atraigo hacia mí con precipitación, la beso, febril, salvajemente, asaltado por un apetito que hacía años que no sentía.

No lo vi venir.

Creo que tampoco ella.

Duerme profundamente. La oscuridad es impenetrable y empieza a hacer frío. Me levanto de la cama y a la luz del móvil recojo la ropa y voy a la cocina. En el frigorífico encuentro muchas verduras, dos filetes de salmón y un poco de pan. Enciendo el horno. Si esta fuera la última comida que preparo, quiero que esté bien, pienso, sin dramatismo, considerando tan solo la situación actual, y pico las verduras, vierto aceite en una fuente y coloco las hortalizas en el fondo, el pescado sobre ellas y, para terminar, de nuevo algo de verde. Zanahorias, cebolletas, setas, calabacín, salmón.

Me comporto como si la cocina fuera mía y abro una botella de blanco, de la cual vierto un poco sobre el pescado, el resto en dos copas. Coloco la fuente en el horno caliente, me llevo las copas al salón y me siento en el sofá.

A través de las ventanas contemplo el bosque que desciende hacia el lago, que no distingo en la oscuridad, y saboreo la extrañamente edificante sensación de romántica normalidad, mientras al lado oigo a Lou, que se está levantando con parsimonia.

—¿Cómo pudiste dejarla allí arriba, sin comida, sin agua? —Voy a avanzar un paso, pero me quedo donde estoy.

—Tenía agua —responde—. Había llevado agua, nueces y galletas.

—¡Pero no lo suficiente! —grito—. Puede que para un día, no más. ¿Cómo se puede mantener la atención con unas pocas nueces y un poco de agua?

—Debería haber bajado.

—¿Qué quieres decir? —le grito—. ¿Bajar por la escalera, así, sin más? ¿La escalera que pusieron las fuerzas de ocupación? —Le pego una patada a una piedra, que va a caer al río—. Los servicios de seguridad la habrían despellejado viva, lo sabes. Su credibilidad habría quedado por los suelos. Para siempre. Con seguridad la encerrarían durante años.

—Podría haber bajado cuando hubiera querido. —Suspira cansado—. No le habría pasado nada. Algunos interrogatorios. Tú eres... su padre, un diplomático de máximo rango..., claro que la habrían dejado marchar... En todo caso, la idea nunca fue que se quedase arriba.

—¿Qué? —Vuelvo a patear una piedra y un pájaro sale volando. Bajo la voz—. ¡Esperaba algo!

Me doy cuenta de algo, pero aún no sé con precisión qué es.

—Le habías prometido que había un plan, ¿no? ¿Que sus compañeros escalarían el muro en otros puntos? —Estoy tanteando—. Tal y como ella había propuesto… —Me interrumpo, lo tengo—. Tú mismo lo has dicho: *nunca fue que se quedase arriba.*

Lo miro a los ojos y veo en el temblor de los suyos que he dado en el blanco.

—¡Lo sabías! Sabías que se había ido pensando que su plan se iba a ejecutar, que había una forma de bajar, ¿verdad? —Se me quiebra la voz. Hay algo en la maldad que siempre me paraliza.

Pero no por mucho tiempo.

Ninguno lo recuerda. Eso es lo que afirman. Los primeros, muchos, con los que Lou consigue contactar. Hemos llegado a la conclusión de que es mejor que sea ella la que llame. La investigación para una novela resulta muchísimo menos alarmante que un padre que busca la verdad sobre la muerte de su hija.

No nos lleva a ninguna parte.

La mayoría se pone en guardia en cuanto Lou empieza a preguntar sobre ti. Otros cortan sin más la conversación. Hace tanto tiempo, no recuerdo bien… Nada que contar, dicen.

El pacto de silencio tiene que ser muy fuerte, incluso tantos años después.

¿O se debe al miedo a las represalias?

¿Qué será de sus carreras, sus ingresos, su vida?

«Ella está muerta de todos modos, ¿o no? No la va a traer de vuelta una delación arriesgada.»

¿Tal vez me excedo en mi interpretación?

¿O es cierto que no hay nada que contar?

Ya es última hora de la mañana del miércoles y he regresado a mi hotel a cambiarme de ropa, he llamado a mi secretaria para mantener las formas y ahora estoy escribiendo una lista de cosas que tengo que comprar: caña de pescar, botas de goma, cubos, pan, queso, cerveza. Pistola.

Lou me llama justo cuando me dispongo a salir.

—No sé cómo voy a conseguir que hablen —me dice, y por primera vez la oigo desanimada.

—Espera hasta que yo vuelva. Algo se nos ocurrirá —le respondo más optimista de lo que me sentía antes—. Arreglo un par de cosillas y voy.

Miro los documentos que he reunido, copias de las fotos del entierro, mis propias notas, tu libreta.

Tengo alguna duda, pero muy pocas.

Ya me he decidido por una cabaña de pescadores y la he alquilado durante una semana.

Conozco el río, sus recodos, el bosque del otro lado de la montaña que da al oeste y la curiosa playita que forma la corriente donde quiero estar. Fácil de llegar desde la ciudad, ningún impedimento con el coche y, sin embargo, apartada. Lo suficientemente lejos como para no ser molestado, para no ser descubierto. Nada más que naturaleza y una cabaña. El pasado puede ser útil. En mis años jóvenes solía dar buenos paseos y conozco los alrededores de Lexington excepcionalmente bien. Las montañas, el río y las cabañitas repartidas por aquí y por allá.

Elegí una.

No muy alejada, pero en un mundo completamente apartado.

Dejo el teléfono en la mesilla de noche. No he vuelto al hotel solo para cambiarme de ropa.

JR da una conferencia en la universidad el viernes por la mañana, así que estará en la ciudad. Yo ya lo sabía, por supuesto. Internet es una estupenda fuente de información.

Cojo el papel con el número que encontré en tu libreta y repaso las notas que he preparado cuidadosamente para la conversación. Luego saco la tarjeta SIM y el teléfono barato que compré en una máquina automática en la zona de llegadas del aeropuerto de Washington.

Me sirvo un vodka, tomo un trago y marco su número. Responde casi al instante.

—Buenos días. —Respiro profundamente y digo mi nombre con parsimonia y claridad—. ... padre de Joanna Merlin.

—Sí. —Titubea, luego continúa más amistoso, como si de pronto me ubicase—: Hola, buenos días, ¿cómo está? —añade, casi con demasiada cordialidad.

—Muy bien, gracias... —Abandono las formalidades en cuanto puedo y paso directamente al asunto—: Mire, estoy en Lexington..., pero me queda poca batería en el móvil, ¿podría llamarme al hotel?

Pocos segundos después suena el teléfono de la habitación. La curiosidad es una astuta fuerza de atracción, según estoy aprendiendo. Aunque no creo que tenga necesidad de ninguna coartada, de algún modo me gusta que sea esta llamada la que vaya a aparecer después. Y si al final quisiera salir bien de esto, puedo señalar que fue él quien me buscó a mí. Que quería verme. Que yo accedí a que me visitara en la cabaña que había alquilado durante unos días. Que fue él quien me atacó. Así que tuve que disparar en defensa propia...

¿Y en cuanto al motivo?

Iba a revelar a todo el mundo lo que te había hecho: la relación que tú no querías. La operación en el muro que él canceló para que cayeses...

Asesinato por dejación.

Asesinato.

No pretendo salir con vida de todo esto, pero está bien saber que puedo hacerlo.

—Yo no la envié allí.

—¡Era un proyecto tuyo!

—Fue idea suya.

—Trabajaba para ti, pero no quisiste apoyarla cuando lo necesitaba. ¿Eso es lo que significa la igualdad de derechos para ti? —Estoy bramando, aunque no es mi intención. Esta conversación me es muy necesaria y mi rabia no tiene nada que ver, desde luego, con la igualdad entre sexos, pero tengo que atacar por algún punto. Bajo la voz—. Como si no fuera muchísimo más lista que la mayoría de los hombres que trabajan para ti.

—Cancelar la acción fue una decisión profesional. No se podía llevar a cabo.

—Nunca habría ido si HRAW no hubiera puesto las condiciones para hacerlo. O en todo caso, fingido que las ponía. Querías acostarte con ella, pero no dejar a tu mujer por ella. —Salto directamente, sin ninguna pregunta, es muy pronto, demasiado pronto, intento controlarme—. ¡Te aprovechaste de ella personal y profesionalmente, sin querer asumir tu responsabilidad ni por una cosa ni por la otra! —Mi tono de voz cae hasta un susurro monótono, casi rabioso—: Y cuando te dejó, ¿dijiste que necesitabas actividad en los Territorios Ocupados? Le hiciste creer que HRAW estaba involucrada y que llevaría a cabo la acción. ¿No es así como ocurrió?

—¡No es cierto! Yo no la maté —vuelve a decir—. Sí, necesitábamos actuar en los Territorios Ocupados, ¡pero el plan de Joanna no era factible!

—¡Tú la enviaste!

—¡No, no lo hice! —grita, pero luego baja la voz haciendo un evidente esfuerzo por sonar objetivo—: La dejamos elaborar el proyecto. Luego se canceló. Eso es todo.

—No hay ninguna anotación que confirme la cancelación.

—No hay ninguna anotación sobre la acción, ¡punto! Aparte de como una idea vaga... —Retrocede un paso y está a punto de meter el pie en el río—. Estoy seguro de que hay documentos internos en algún lugar que demuestran que cancelamos la acción mucho antes de que fuese a realizarse. —Tose y retira el pie—. Sabes bien que no hay absolutamente ningún registro de ningún proyecto activo de HRAW en los Territorios Ocupados y por eso tampoco nos tuvo en cuenta la investigación policial posterior. Ni siquiera fuimos interrogados.

—Dadas las potenciales consecuencias para los participantes, estoy absolutamente convencido de que el registro que HRAW lleve de sus proyectos políticamente más delicados estará lejos de poder considerarse exhaustivo —digo casi con la formalidad de una negociación diplomática—, pero el hecho es que Joanna llevaba un diario. Y allí hay anotaciones sobre el proyecto. Y ninguna de ellas menciona que supiese nada de su cancelación.

—La última parte la pronuncio con lentitud, mi as para la negociación, subrayo cada sílaba de la frase conscientemente.

—Ya, ¡pero fue informada! Le pedí a mi asistente que se lo dijese. A Tim Adams. —Me doy cuenta de que lo tengo, se atropella, se trabuca—. Lo recuerdo perfectamente. Le dije que llamase a Joanna. —Su rostro se ha vuelto rojo, pero no estoy seguro de si es por el esfuerzo de mentir o por la frustración de que no lo crea.

—Una llamada telefónica de la que nunca nadie podrá averiguar de qué trató. No me sirve para nada. —Niego con la cabeza y repito—: Joanna no se habría subido a ese muro si no hubiera creído que se iba a realizar la manifestación completa, con todos los participantes implicados. Y si hubiera sabido que estaba sola, no se habría quedado arriba. No habría esperado algún tipo de señal que nunca iba a llegar. —Bajo la voz—. Y no se habría caído.

—Le pedí que se lo dijese —murmura JR, se tambalea y continúa suplicante—: Le dije que se lo contara. Lo hice...

Me apoyo en el tronco con un brazo y vuelvo a levantar la pistola.

—No, tú...

—Lo hice —repite.

Hay algo de lo que poco a poco me voy dando cuenta, pero todavía no sé exactamente qué es, como si estuviera oculto por una niebla en mi cabeza.

—Querías humillarla, ¿no es cierto...? No podías aceptar que te hubiera dejado, así que tenías que demostrarle que no iba a ser capaz de apañárselas sin ti.

Se dobla hacia delante, no mucho, pero lo suficientemente evidente, y sé que he dado en el blanco.

—No la maté —susurra.

De nuevo: agua, piedras, gaviotas.

Un trío que acompaña el drama que se desarrolla a la orilla del río, el violonchelo, el contrabajo, el saxofón.

Andante, andante.

Salvo que son gorriones. Salvo que caíste y no te volviste a levantar.

Parece que la niebla de mi cabeza está disipándose:

—¿Estás seguro de que fue a Tim Adams a quien le pediste que llamara?

Soy un buen hombre.

Le fui fiel a tu madre durante todo el tiempo en que estuvimos casados. ¿Lo sabías? Fui tan fiel que la primera vez que lo intenté después del divorcio, ni siquiera sabía cómo hacer el amor con otra mujer.

En eso pienso mientras estoy frente a un insulso whisky en la barra del Bistro-on-Main, donde me he detenido en un repentino arrebato.

El whisky está demasiado tibio para su calidad y tengo que pedir un poco de hielo; luego levanto el vaso y brindo conmigo mismo.

Bueno. Yo era bueno.

Ahí es donde radica la diferencia entre los hombres y las mujeres. Hice lo que hacen los hombres buenos. Cuando hubo malas épocas en el matrimonio, y las hubo, más de las que uno desearía, me serviría de alguna de las muchas mujeres hermosas que se encuentran en mi profesión. Servirse no es, como podría creerse, aprovecharse. Es pura fantasía. Eso es todo. Es algo que aprendemos de jóvenes, cuando somos muchachos, a usar la imaginación como una manera de resolver las cosas. Pero las mujeres no lo entienden. Creen que es falta de amor. No es eso. A esa edad tenemos sobreabundancia y no hay ningún receptor. Por decirlo claramente: tenemos un excedente del que deshacernos. Y nos acompaña a partir de entonces, esa situación. La sensación de que la demanda es superior a la oferta. Y aunque deje de ser cierto, la sensación siempre está ahí. Y para muchos sigue siendo una realidad. De eso trata ese peculiar talante masculino, las bromas en el vestuario, los silbidos; se oye en los gimnasios, en las obras, en rincones y balcones de fiestas, e incluso en los pasillos, por muy elevados que sean, del mundo en el que trabajo. Puede ser un comentario nimio o algo más grosero, o incluso solo el brillo recíproco en las miradas que se cruzan cuando acaba de pasar una mujer especialmente atractiva.

El crimen de ser hombre.

Entiendo muy bien por qué los árabes quieren que sus mujeres vayan tapadas. No se me malinterprete, no es que lo apruebe..., en realidad tampoco creo que funcione, teniendo en cuenta que se dice que los hombres (¿y las mujeres?) de estos países están aún más obsesionados por el sexo. En esencia, el asunto es que un hombre tiene un cuerpo con determinadas necesidades, que de vez en cuando no coinciden totalmente con las de la mujer que ama y a la que además quiere permanecer fiel. ¿Qué hace entonces cuando ni se le pasa por la cabeza llevarse a su mujer a uno de esos clubes de intercambio tan populares hoy en día, y además tampoco es capaz de imaginar cómo podría sacarlo a colación? (Realmente, ¿cómo se hace? ¿Con la lasaña o en el desayuno?) Aunque quizá para los jóvenes de hoy no sea igual.

Soy de otra generación.

Lo único que hice fue tomar un almuerzo. O mejor dicho: almuerzos. Siempre hay un momento en la conversación, una risa, un brillo en la mirada, una observación casual con la que una mujer se entrega a ti. Tan solo con que la atraigas lo suficiente. Y en ese momento, me apresuré a ir al baño de los hombres, solo, y fue lo único que hice. Y por eso todo hombre que sea honesto consigo mismo odia que su hija salga.

Los hombres sabemos cómo son los hombres.

¿Ves la diferencia? ¿Las mentiras con las que deben convivir los hombres?

No me quejo, no me entiendas mal. No pienso que estemos en mala situación. Tengo bastante claro que, visto en conjunto, la balanza se inclina sin duda a nuestro favor. Es solo lo que significa la física básica del varón, que aprende desde muy temprana edad que para ser un buen hombre tiene que llevar un doble juego y dar jaque mate a su naturaleza. Y la mentira y la consiguiente conciencia culpable se integran en el interior de cada hombre desde la infancia. Sí, bueno, es decir, excepto los peores de nosotros, por supuesto, pues los peores actúan impertérritos en completa conformidad con sus propios deseos y necesidades, sin ningún tipo de preocupación por las mentiras que eso requiera. Pero el resto de nosotros, los llamados *hombres normales*, ¿cómo podemos vivir con la obligada mentira, salvo que lo consideremos pura supervivencia? Llámalo hipocresía, si quieres, pero no lo es. Es solo una manera de arreglárselas. Un modo de conseguir una armonía con el cuerpo en el que se ha nacido, la única forma de ser un buen hombre.

Con la edad se hace más sencillo.

Alguien me dijo una vez que para conocer el carácter de una persona hay que ver cómo trata a su asistente o personal de servicio. Yo estaba de acuerdo, pero ahora sé que se equivocaban. Para conocer de verdad el carácter de alguien, fíjate en cómo él o ella trata al objeto de su deseo no correspondido. ¡Ahí sí que lo sabrás!

¿De dónde ha salido eso?

Me he terminado el whisky y estoy a punto de pedir otro, pero como el de malta es tan malo, me decanto por un vodka con zumo de naranja.

Las mujeres perfectas a menudo se vuelven bastante menos perfectas cuando te casas con ellas.

¿Y ahora, de dónde ha salido?

Lo que en realidad quería contarte es que los hombres aprenden a mentir antes en la vida. Se convierte en una parte de nosotros, arraigada, contumaz en nuestra naturaleza.

Igual que el acuerdo.

Igual que la diplomacia.

Lo que en realidad quería contarte es que el acuerdo es supervivencia.

Lo que en realidad quería contarte es que el acuerdo es un arte.

El arte de la realidad.

Mira con atención.

¡Es la grieta en todo!

¿Por qué no fuiste capaz de verlo, Joanna?

—¿Tim Adams, dices? —Doy una patadita en el suelo arenoso.

Ha mencionado el nombre equivocado.

—Ucrania. ¿Has olvidado Ucrania?

Por primera vez, JR no puede ocultar que no tiene ninguna escapatoria. Le tiembla la mandíbula, se le contraen los labios hasta convertirse en dos finas líneas, se le enrojece la frente y la mirada se mueve temerosa hacia la izquierda, luego a la derecha, antes de posarse en un punto del suelo, justo delante de mis pies.

No dice nada.

Sorprendente cómo su terco silencio me recuerda a ti.

Lou no lo sabe y nunca lo sabrá.

Es decir: no antes de que haya pasado.

Es mi manera de protegerla.

Tal vez se convierta en una novela que nunca llegaré a leer. Tampoco me hará falta, la habré vivido. Y estaré muy lejos para entonces. Curiosa idea en esta situación.

Cuando vuelvo a media tarde a casa de Lou, la encuentro exactamente en el mismo punto en el que estaba cuando me marché por la mañana, sumergida en el trabajo con el teléfono y las listas de nombres repartidas a su alrededor.

Hasta el momento, ninguna de las personas con las que ha contactado ha tenido nada que ver con la operación en el muro, o al menos es eso lo que dicen. La mayoría admite haber oído hablar del proyecto, claro, porque si hubiera llegado a algo, habrían aceptado participar. Algunos estuvieron presentes en reuniones sobre la operación y cuentan todo tipo de cosas sobre el plan maestro, añadiendo detalles a lo que ya conocemos de antemano. Pero todos están de acuerdo e insisten, repitiéndolo casi palabra por palabra: ese proyecto nunca llegó a nada.

El plan era claro, en eso todos están prácticamente de acuerdo:

Los participantes llegarían en varios días, a diferentes aeropuertos, a distintas horas. Entrarían en los Territorios Ocupados con diversas justificaciones, por rutas variadas y en todo tipo de medios de transporte para no despertar sospechas. Algunos alegarían estar de vacaciones. Otros, ser investigadores. Algunos estarían visitando sus lugares santos y otros, como tú, irían a aprender árabe. El miércoles a las diez todos se pondrían a trepar al muro. Algunos con escaleras, otros con cuerdas y unos pocos con ayuda de los voluntarios locales. A las diez y cuarto estarían en sus puestos y comenzarían a mostrar los mensajes de sus camisetas, que serían fragmentos escogidos de los diferentes artículos de la Declaración de los Derechos Humanos, o como el tuyo, lemas que se referirían directamente al muro y a los Territorios Ocupados.

Eso es todo lo que les pudo sacar. Incluso los

que nos dieron más detalles insistieron en que no había planeado nada más.

—¿Cuánto tiempo iban a estar subidos?

—¿Cómo iban a bajar?

—¿Cuándo iban a bajar?

—Bueno, no, todavía no se había tomado una decisión...

—No se llegó hasta ese punto en la planificación...

—La verdad es que no lo recuerdo...

—Pero ¿cómo iban a saber cuándo bajar?

Bueno, no. Nadie lo recuerda. Lo más que conseguimos es que un par de ellos contaran que la planificación no llegó hasta ese punto antes de que la operación se abandonase.

Y sus respuestas son aún más vagas cuando Lou plantea preguntas sobre lo que se te dijo y en qué momento.

No, no lo saben... Todos lamentan que la operación se cancelase. Lamentan lo que te ocurrió, la caída. Horrorizados aún. Pero una cosa es segura: *la acción había sido cancelada.*

Bueno, no, no saben nada más.

Algo que la mayoría subraya, con un énfasis que suena creíble, es que no hablaron contigo. Ni sobre la cancelación ni después de esta. Eras la primera que debía viajar. Tenías que salir antes que los demás para prepararlo todo mientras fingías realizar un curso de árabe en Belén, según agregó uno de ellos.

No habría comunicación entre los participantes una vez estuviesen en los Territorios Ocupados. Era la única forma de proteger la acción. De protegerlos a todos.

En eso también están de acuerdo. Y en cualquier caso, se anuló. La operación en el muro fue cancelada antes siquiera de que se pusiera en marcha.

En eso también están todos de acuerdo.

Una persona llamada Tim Adams reconoce que, en su papel de mano derecha de JR, normalmente habría sido él quien se pusiera en contacto contigo, o en cualquier caso habría sabido quién lo hizo. Pero en esa época no estaba en la oficina.

—Crimea, en Ucrania —repite—. Tres meses, una misión especial, preparativos para una acción.

En ese punto estamos el miércoles por la noche. Son más de las diez, fuera está oscuro y, como un eco de mi estado de ánimo, las nubes dejan caer una ligera llovizna que silencia la ladera boscosa.

Treinta y cuatro de los cuarenta y seis.

Y aunque tres estén muertos (cáncer, paro cardiaco y accidente de tráfico), de cuatro no somos capaces de localizar los datos de contacto y con cinco no hemos logrado hablar, es improbable que alguno de ellos tenga alguna información que difiera sustancialmente de la que ya tenemos.

No se te informó de que la operación había sido cancelada, ¿verdad?

Aun cuando muy débilmente, la idea regresa:

No decidiste irte sola y agotarte hasta dejarte caer, ¿verdad?

La duda solo acecha en un pequeñísimo lugar entre estos y los doce con los que no hemos podido hablar.

Estoy tan seguro como puedo estarlo.

El resto haré que me lo cuente él.

Si soy capaz.

Ya sé lo suficiente.

Levanto el arma. Le apunto alternativamente al pecho y a la cara. Podría dispararle ya para que todo pasase.

Luego a mí mismo y se acabaría.

—Tim Adams —repito.

No puede saber que, a pesar de que Tim Adams no quiso decir mucho, nos contó, a Lou, quiero decir, que no estaba aquí en la época de la operación en el muro. Recuerdo su nombre justamente por su posición como mano derecha de JR. Pensamos que si alguien nos contaría algo sería él. Pero estaba en Ucrania en una misión de tres meses. Lo verificamos, el activismo actúa a través de la prensa que crea: varios artículos confirmaban que Tim

Adams estuvo en Crimea todo el periodo que va de septiembre a diciembre de 2013, justamente como él dijo.

Nunca supe cómo hablar contigo.

Desde que eras pequeñita, no, no es cierto, no cuando eras pequeña, pero sí desde que soy capaz de recordar, te veo ante mí con ojos acusadores, que me miraban como si te hubiera decepcionado, por mucho que nunca estuviera seguro de qué era lo que esperabas de mí. Solo sabía que, de algún modo, no era lo suficientemente bueno ante tus ojos como para obtener el respeto al que normalmente todo padre (o al menos el título de tal) tiene derecho. Tu madre no sufría esas miradas, pero yo tenía la sensación de que era porque ya desde el nacimiento la habías dado por perdida. Para mí todavía había esperanza. Esperanza era lo que me ofrecías, y eras mi talón de Aquiles. Creía que no podía lograr nada mejor.

Intenté ser digno de tu respeto.

Pero no estuve a la altura, ¿no es cierto?

Hice todo lo que pude, pero no era suficiente. No era lo suficientemente radical para ti. Al margen de lo que hiciera, nunca era bastante. Recuerdo muy bien las conversaciones que teníamos cuando eras joven, conversaciones que se convertían en discusiones, que pasaron a ser peleas cuando creciste, casi combates dialécticos.

Al principio escuchabas y te gustaba aprender; luego, cuando aprendiste lo suficiente, solo querías acción.

ACCIÓN, ACCIÓN, ACCIÓN.

«No hay justicia para los muertos —dirías—. Cuando te encañona un arma, no se puede esperar a que terminen las negociaciones y, tal vez, un largo proceso de paz, que quizá no tenga éxito. La acción es lo único que tiene sentido. Se debe hacer algo. ¡No solo hablar!»

¿Querías que me jugase mi puesto de trabajo?

¿Que me jugase el pan de nuestra familia por una manifestación política de principios que nadie escucharía y que todos habrían olvidado tres meses después?

¿Mi vida?

¿Es eso lo que querías de mí, Joanna?

¿En serio?

¿Era eso lo que hacías?

Yo hablaba.

Sí, hablaba.

Como ya he mencionado, creo en el diálogo.

Tú no respetas las palabras, lo sé bien.

Dejaste de usar las palabras y moriste.

Y las personas por las que luchabas siguen luchando.

¿No lo ves?

No estabas orgullosa de mí. Lo sé.

Pero siempre habrá alguna causa por la que renunciar a tu trabajo, tu vida, ¿y luego qué? ¿Qué ocurre con el siguiente objetivo que ya no puedas defender, el siguiente grupo de personas inocentes por el que no puedas luchar? ¿Qué se hace entonces?

¿Se prende uno fuego? ¿Convierte en cenizas su propio cuerpo?

¿Y después? ¿Qué?

¿Qué?

¿Lo ves?, no funciona.

Tu padre, exjefe de la Oficina de la ONU para Oriente Medio, sí, lo único que he hecho en mi vida es hablar, Joanna. Pero sigo hablando.

Tú estás muerta y yo sigo hablando.

No es justo para ti, lo sé muy bien. Elegiste un lado. El lado de los oprimidos, dirías.

Yo no podía, ningún diplomático puede en ningún caso hacer esa elección. Tampoco creo que sea correcto hacerlo. Como tercero ajeno a la situación, uno tiene que andarse con cuidado, juzgar con cautela. Te lo dije. Las terceras partes no tienen nunca la foto completa. También los opresores tienen sus razones. Pero tú no querías escuchar.

«Si los terceros no pueden tomar partido, los débiles siempre perderán», dijiste.

No eras justa conmigo: de los dos, yo era el más débil.

El fallido proceso de paz en los Territorios Ocupados no es mi fracaso, es un fracaso suyo, de las partes implicadas. Y de quien tiene el mayor poder, un poder que es muchísimo más grande que el mío: el poder de los Estados nacionales, de las grandes potencias. En tales casos, la ONU solo es el escribano del legislador. No, no es totalmente exacto, la ONU es la mano que pone en práctica lo que decide el brazo legislador. Las leyes del mundo las hace la potencia más fuerte, que, por desgracia con demasiada frecuencia, es el poder más implacable. En todo caso, ese poder no es la ONU. Y no lo era yo en absoluto. Solo podía influir en una medida ínfima, y después poner en marcha lo que los demás habían decidido.

Es el fracaso del mundo. Así es.

No gana el mejor argumento, Joanna.

La justicia no gana.

Lo hace el poder.

Sé que tuve una oportunidad.

Pero no se pudo hacer, Joanna. Nadie podría haberlo hecho. Nadie tiene ese tipo de poder.

Yo no pude hacerlo.

Tú no pudiste.

¿Y tu amante?

El hombre al que apunto con la pistola.

¿Quizá te aseguró que estaba en disposición de hacerlo? Fue por eso por lo que lo amaste, ¿no? Creíste que podía hacerlo. Que quería hacerlo.

¡No olvides que lo único que consiguió fue matarte!

—Ella te quería, ¿lo sabías?

Estaba tan absorto en mis propios pensamientos que de pronto me doy cuenta de que no estoy seguro de si soy yo quien pronuncia la frase, o si es él quien me la dirige a mí.

VI

ODA A UN PAÍS

Un repentino movimiento de las aguas del río me moja la punta del zapato del pie derecho y al momento siento la humedad en los dedos. Me retiro unos pasos hasta una franja de rala hierba seca, mientras le hago señas a JR con la mano para que haga lo mismo.

Estudio su rostro en detalle. Desde este ángulo, con el sol cayendo de lado a través del follaje, proyectando sombras sobre su mejilla derecha, oscureciéndole el pelo y destacándole la barbilla, se parece mucho a Stalin. La ironía es notoria. Pero no es uno de tus niños expósitos, eso es totalmente seguro. Y eso es lo que me confunde. Cuando eras joven, siempre recogías a los maltrechos. Eso lo vi yo. Tus novios perdidos, que te necesitaban mucho más ellos a ti que tú a ellos.

Este de aquí era totalmente diferente, es diferente.

Se parece mucho más a mí.

Para mi propia sorpresa, lo golpeo con la culata de la pistola en un lateral de la cabeza. Se cae. Se queda quieto un momento sobre la tierra húmeda, como esperando a ver qué pienso hacer. No le apunto con la pistola. No tengo la intención de asesinarlo. Todavía. Pero no debe mentirme, ¡no lo voy a tolerar! Eso es lo que le explico:

—¡Deja ya de mentir! —le grito a la vez que lo pateo justo debajo de las costillas con la punta del zapato mojado.

Una, dos, tres veces; veo entonces una fina línea de sangre que le cae desde la ceja, donde le alcanzó el golpe con la pistola, casi como una raya de maquillaje, una parodia de una mala película de intriga, y me detengo, me incorporo y me tambaleo hacia atrás jadeando.

No estás orgullosa de mí, Joanna.

Lo sé perfectamente.

Así no.

—Lo lamento —le digo, y me siento totalmente ridículo, teniendo la pistola a un lado, colgando de mi brazo y mi mano inertes. Patético, soy patético—. Tim Adams ni siquiera estaba por aquí —añado como una explicación, pero suena casi como una disculpa, mansamente, sin nada de la garra justiciera que buscaba.

Subo lentamente la colina, aún con el persistente sabor de ella. Bosque otoñal. Corteza mojada por la lluvia, musgo empapado, hojas rojas, que se pegan al suelo y a las ramas caídas. Nunca había pensado en el bosque como algo incitante. Tan solo una bóveda sombría y fresca entre praderas bajo la que puedo pasear en verano y un lugar donde buscar refugio de la lluvia y la nieve en invierno. De repente, el júbilo del bosque, su miríada de impresiones sensoriales como un éxtasis eufórico me rodean por completo. Me paso la lengua por los labios para seguir saboreando la caricia del musgo y siento como si paseara junto a Lou mientras recorro la ancha acera de cemento al norte de Main Street, pasando junto a The Red Hen, la tienda de artesanía, antes de entrar en la panadería.

Lexington, la más normal de todas las ciudades normales. No parece normal.

«Hay una fuerza, y esa fuerza eres tú.»

Tengo ganas de cantar.

Me siento normal, y eso es lo que es anormal. Por primera vez en años, sí, por primera vez desde el 15 de noviembre de 2013, me siento corriente. Mejor que corriente, dirían algunos, pero yo no, porque lo corriente es mucho más y mejor que nada de lo que he conocido desde... desde ti.

El aire es pesado y dulce, y ligeramente mareante por el olor a pasteles y pan recién horneados, que ahora aspiro como algo recuperado de un tiempo ya lejano. Es mi turno, y pido un par de caracolas de canela y algo de pan para después.

Aún noto las piernas de Lou cruzadas en torno a mi nuca mientras la saboreo, el aumento de la tensión de los músculos de los muslos cuando empieza a correrse, cuando la empujo hacia atrás y la penetro profundamente, notando su estremecimiento al apretarse más contra mí, a la vez que yo mismo me corro en su abismo.

La suavidad del musgo empapado.

Nata aterciopelada, crema de la suavidad, es algo danés, creo, el sonido de palabras suaves que siento deseos de murmurar en su cuello.

Solo entonces me doy cuenta de que no le he preguntado nada sobre preservativos. ¿Desconsideración o privilegio del hombre en el mundo moderno? ¿O es porque interiormente deseo casarme con ella?

No me importa.

Quiero casarme con ella.

Es una locura, lo sé, pero así lo siento. Lo maravilloso de lo corriente. Poco después volvimos a hacer el amor, con más suavidad, de nuevo ambos nos corrimos en pocos minutos, y fue como si hubiéramos podido seguir, sin fin. Como si nos hubiésemos esperado el uno al otro y exactamente esto, durante mucho tiempo. Quizá lo hicimos sin sospecharlo.

No hablamos.

Ni durante. Ni después.

Ambos conocemos los límites de nuestras horas juntos.

Arranco el automóvil y conduzco con lentitud por Nelson Street hasta el semáforo, acercándome al cementerio. No sé por qué me asustaba antes tanto. Bajo esta ligera llovizna parece pacífico. No hay nada lóbrego sobre las grandes piedras y las praderas; los árboles y los arbustos desiguales se limitan a disfrutar del agua, mientras las hierbas van ganando lentamente el combate a la grava del sendero.

No me bajo del coche. No entro.

Pero sé que podría.

Sí, la sencillez del sexo que todo lo devora, de ese que no necesita fingimiento, ni juegos, ni otras fantasías, ni juguetes. Solo ella y yo. Ese olor a otoño húmedo que hace que mi cuerpo sudoroso descanse contra la piel sudorosa de una mujer que parece hecha solo para mí.

Quiero casarme con ella.

Entonces, yo mismo me lo recuerdo: tengo una misión con inminente muerte; pongo el automóvil en movimiento y sigo las instrucciones claras del GPS hasta el Walmart de la localidad, que está hacia el noreste.

—Tim Adams —repito con algo más de fuerza, intentando recuperar el brío perdido—. Tim Adams estaba en Ucrania.

—Perdón. —Tose y se incorpora—. Me habré confundido.

No sabe qué sé y qué no. Pero ahora sabe que

sé más de lo que él creía. También que estoy más furioso. Retrocedo un paso.

—Ahora me acuerdo... de que..., hum..., le pedí a mi ayudante..., esto..., que le dijera que... —farfulla. Se pone de rodillas y luego, lentamente, de pie parpadeando, mientras se sacude la tierra de los pantalones y la chaqueta y se seca la sangre del mentón con la manga—. Pues si no fue..., hum..., Tim, fue la persona... que..., esto..., estaba..., hum..., en aquel momento... —Tose y, luego, con más aplomo añade—: Sé que lo hice.

No sé si miente o no. La mujer que sustituyó a Tim Adams era una de las que no quisieron decir nada, pero no importa. Aún tengo otra carta guardada.

—Así pues, ¿me dices que no recuerdas quién informó e hizo la última llamada de tu parte a la mujer que dices que amabas? ¿Esa mujer que iba a llevar a cabo una acción planificada para, o en todo caso *junto con*, tu organización y que murió porque al parecer nunca recibió esa llamada?

De pronto me siento enfermo, me doblo hacia delante y vomito tan violentamente como cuando te vi en la televisión subida al muro. Pan, queso, café y cerveza brotan en una ocre y fétida amalgama. No dura más de treinta segundos, luego me incorporo, me lavo la boca en la corriente haciendo un cuenco con la mano y sin dejar más de un segundo de apuntarle con la pistola al pecho. Estoy ya controlando esto.

—¡¿La mujer que, según afirmas, amabas?! ¡¿La que murió ante los ojos de todo el mundo?! —Me seco la boca con el dorso de la mano—. ¿Dos años, tres, cuatro? —continúo en voz baja, insistente—. ¡No deberías haber dejado que confiara en ti! ¡Y después, una vez seducida, manipulada, podrías haberle permitido que te abandonase cuando quiso dejarte! Pero querías que fuese de tu propiedad, incluso cuando ya no estabas con ella...

—No quería estar conmigo.

He recuperado mi rabia, mi seguridad.

—Querías humillarla... Por eso no se lo contaste.

—No tenía la intención de... —murmura—. No fue así. Yo la quería. La vida no es tan sencilla, ya sabes que... —Se le quiebra la voz y mira hacia abajo. Por un momento parece más triste que temeroso, y me enfurezco.

—¡No tienes derecho a sentirlo! —grito—. ¡Fuiste tú quien la engañó para que subiera sola, sin comida, sin agua! ¡Para el caso, podrías haberla lapidado!

Miro a los árboles, la corriente del agua, que con ameno sonido de risa infantil burbujea sobre las piedras, y siento deseos de aplastarle la cabeza contra una de ellas.

—Pero... —intenta intervenir, pero yo no le dejo ningún resquicio.

—¡Querías destruirla! —En ese instante me doy cuenta de que estoy ante una verdad en la que no había reparado—. ¡Querías hacerla añicos! Como no podías tener su cuerpo, quisiste arrebatarle su personalidad. —Escupo en el suelo al lado del vómito, que se está filtrando en la tierra—. ¡Increíble! Si hubieras comprendido, siquiera una pizca, cómo era Joanna, habrías sabido que nunca habría bajado porque le faltara la comida o el agua.

Con el zapato derecho le doy una patada a una piedra grande, que en lugar de alcanzarlo a él, cae muy a la izquierda.

—¡Qué patético! —Vuelvo a levantar la pistola.

—No sabía... No sabía que fuese a seguir adelante y hacerlo... Esa es la verdad. —Habla en voz baja, luego continúa más decidido, pero en un susurro tan apagado que tengo que inclinarme hacia delante para poder oírlo—: No creas que eres inocente. ¡Como si no supieses que, si fue allí, fue para demostrarte algo!

Como en muchas otras ciudades pequeñas de Estados Unidos, el Walmart de Lexington es un inmenso centro comercial con un aparcamiento tan grande como varios campos de fútbol. Dentro tienen todo lo que uno puede necesitar en su vida diaria, desde lo esperable, como fruta, verdura, carne, pescado, repostería y todo tipo de comida y bebida en infinidad de variedades y marcas, hasta ollas y sartenes, ropa, zapatos, sillas, mesas, televisores y equipos estéreo, libros, tiendas de campaña, equipamiento deportivo, juguetes y, situados en el centro de la tienda y sin grandes formalidades, rifles, pistolas y otras armas.

Ahí es adonde me dirijo.

Me he preparado y sé que lo único que necesito es una identificación en vigor que demuestre que estoy registrado en el estado de Virginia. Así que he traído mi viejo carné de la universidad, que estaba ya arrugado y decolorado por el paso del tiempo, pero que yo he arrugado un poco más para que el año sea ilegible y mi rostro juvenil se integre con las arrugas del papel para pasar por una foto mía, mala, pero lo suficientemente nítida. En teoría estaría en la Universidad Washington y Lee impartiendo algún tipo de curso de corta duración.

Tiene sus ventajas ser blanco, de mediana edad, bien vestido y bien hablado. El dependiente, joven, con bastante sobrepeso y seguramente con exceso de trabajo y escaso sueldo, apenas mira mi identificación.

No hace ninguna pregunta.

Un cuarto de hora más tarde salgo de la tienda con el carro lleno de bolsas con cañas y enseres de pesca, incluyendo botas de goma, cubos, queso, salami, café y cerveza, una cazadora, una bolsa de deportes y una flamante Glock 17 con seis cajas de cincuenta proyectiles de nueve milímetros.

Un breve instante con una pistola en la bolsa me hace sentir intranquilo, casi en estado de pánico.

Entonces, pienso en ti.

Me mira como si esperara que lo escuchara, que lo comprendiera, que quisiera comprenderlo. No es así, pero no sé cómo detenerlo.

—La amaba hasta lo enfermizo —dice—. Ese tipo de pasión que hace que un hombre se traicione a sí mismo. Si siempre has amado a una mujer, tu vida será fácil... Yo quería a mi mujer. La quería, la quiero. Joanna era otra cosa. No podía evitarlo. Es así. Y sí, tenía miedo. ¿Pero tú no lo habrías tenido? —Ya no me habla a mí, sino a los árboles, al río, a sí mismo. Le susurra al aire, casi en trance—: Dulce Joanna, si hubieses estado en mi lugar, ¿no tendrías miedo de lo que alguien como tú podría hacerme hacer?

¡Miserable!

Bajo la vista, avergonzado de él. Donde se me ha mojado tengo el pie helado y empieza a molestarme. Tengo que esforzarme por ignorar el deseo de echar a correr a la cabaña a cambiarme los calcetines y los zapatos. Intento concentrarme en el gorrioncillo que había visto antes. Aún está allí, como unido a su rama. Parece frágil, con algún tipo de herida. No creo que pueda volar.

De pronto me doy cuenta de que no quiero

escuchar lo que me está diciendo y grito, con todas mis fuerzas:

—¡No tienes derecho a...!

JR retrocede y cae casi sobre sus propios pies, como si despertara de un letargo.

—¡¿Qué te había hecho?! —Interrumpo mi breve momento de empatía—. Para hacerla esperar allá arriba su muerte. Estabas casado. No abandonaste a tu mujer. Así que ella te abandonó a ti. ¿Eso fue todo? ¿De verdad eso fue todo?

Mis palabras parecen resonar entre las copas de los árboles.

—Habría dejado a mi mujer, si Joanna me hubiera dado más tiempo.

—¿Más tiempo? ¡Pero si te dio un puto montón de años! —La palabrota me sorprende a mí mismo.

—Los niños, la organización... No era fácil...

—Nunca deberías haberte acercado a ella. Pero, una vez hecho, ¡¿no podrías al menos haberte quedado a su lado?!

—Pero...

—¡Joder, estamos en el siglo XXI!

Pienso en las cartas. Las que después de todos estos años por fin abrí aquel día en tu apartamento. Esas que volví a colocar con esmero en sus sobres y estuve mirando largo tiempo después de haber leído, aturdido. No sé lo que tú le habías escrito a él, solo puedo imaginármelo con lo que él te contestaba. Cartas que quería, que habría querido no haber visto nunca. Lo curioso era que parecía que él hubiera escrito la mayor parte de las suyas después de que tú hubieras dejado de escribirle. ¡Intentando conseguir algo para lo que en realidad no tenía valor! Nunca se habría atrevido. La última estaba fechada solo un mes y medio antes de tu partida.

—Si tanto te preocupabas por ella, ¿por qué no la ayudaste? —digo con una voz intencionadamente baja, controlada.

Sonríe. Un tanto apenado y solo con el lado izquierdo de la boca, pero no deja de ser una sonrisa, como en un recuerdo de doble cara. No responde.

Modifico la pregunta. Lo interrogo sobre lo último que le dijiste.

Niega con la cabeza, como si no tuviera ninguna importancia o, al menos, no fuera algo que tuviera la intención de compartir conmigo. Luego, casi como contra su voluntad, como si la boca se le hubiera desatado y no pudiera detenerla, añade:

—No sigues las leyes del amor.

Recuerdo tu libreta.

> No quiero estar cerca porque no sigues las leyes del amor —habías escrito—. Sigues las leyes convencionales, las leyes de la sociedad.

Recuerdo las palabras porque creí que me las habías escrito a mí. Ahora sé que no era así. Me imagino tu mirada llena de rabia, del odio que sigue a la decepción de la utopía del amor. Una forma de desprecio. Lo miraste del mismo modo que me miraste a mí.

> La diferencia es que la ley del amor es una ley natural, no se puede evitar. Es como la gravedad. Puedes resistirte durante un tiempo, pero al final te absorbe. Al final es más fuerte que tú. Y eso es así siempre. Las leyes de la convención son manufacturadas, creaciones del hombre. Las sigues porque así lo decides. Porque es práctico. Sirve a tus objetivos, a tus cómodos y convencionales objetivos. Porque no te atreves a ir en el otro sentido, contra las convenciones. Y es así porque es el único modo de tener éxito en el mundo de las convenciones sociales. Izquierda o derecha, el camino que para ti es más importante es el que triunfa.

Debiste de mirarlo fijamente, tus ojos ardientes, negros de un desprecio insondable.

—Lo único que dije fue que quería pasar las vacaciones de Navidad con mi mujer y mis hijos antes de abandonarlos. Que debíamos mantenerlo en secreto un poco más, y entonces lo dejaría todo para estar con ella.

«El problema no es la Navidad —habías dicho—. El problema es el oportunismo. No quiero tener una aventura con un hombre que es mi jefe, porque el desequilibrio y la clandestinidad matan el amor, porque es algo que va contra las leyes del amor. La ley del amor es verdad e igualdad. Ni más ni menos. El amor necesita valor. El amor es valor, también para comprender que eres igual que el otro. No más, pero tampoco menos. El amor no debe verse manipulado por desequilibrios de poder. El amor no sirve a ningún otro fin que los suyos propios. Si quieres permanecer con tu familia, hazlo. Con honestidad y sin limitaciones. Puede ser que sea mucho mejor para ti, para tu mujer, para todos. Incluyéndome a mí. Permanece en el matrimonio. Vive esa vida, si es tu vocación. Es tu familia. Puede que sea lo mejor, incluso lo correcto. Solo tú lo sabes. Pero deja de hacer las cosas a medias. No conmigo. Quedarse a medio camino es una pérdida para todos. También para ti. Espera y verás.»

Te reconozco en esas palabras que él repite atropelladamente. ¡Qué insoportablemente justa y a un tiempo engreída podías llegar a sonar!

—Reconozco que ya otras veces le había dicho que me iba a separar —continúa—. No una vez, muchas. Y lo pensaba realmente... Quizá demasiadas... —Tose y niega con la cabeza, como para sí mismo, baja la vista hacia sus pies y habla como si fuéramos buenos amigos, con seriedad, una sinceridad que vuelve a hacerme sentir vergüenza ajena—. Tampoco nos vimos tantas veces. Aparte de para hablar, quiero decir. Ella no quería. No estaba interesada en la aventura, sino en la transparencia. «No puedo involucrarme», decía.

No detengo su verborrea. Estoy como absorbido por lo que no quiero saber, pero a la vez deseo desesperadamente conocer. Me siento más como un páter confesor que como el padre agraviado. Físicamente, la situación es desagradable en muchos aspectos que no puedo explicar. De todas formas, no lo interrumpo.

—Considerando que mi mujer y yo formábamos un matrimonio excepcionalmente bueno, como amigos, como socios en un proyecto; desde luego, sabía que ella había tenido un par de asuntos, o más bien tres, igual que yo. Pero ambos fuimos siempre fieles a nuestra idea de familia. Eso era lo que intentaba explicarle a Joanna. No quiso escucharme. Que yo pudiese ser suyo de forma parcial, pero que la otra mitad debía permanecer con la familia. Me dijo que estaba bien y que hiciese lo que quisiera, pero que ese tipo de relaciones a tiempo parcial no eran para ella.

No puedo evitar sonreír. Te oigo claramente en sus palabras:

«Es que no quiero entrar en aventuras —habías dicho—. Las medias tintas no son para mí. Así que prefiero arreglármelas sin ti. —Es lo que dijiste—. O una cosa o la otra.» Y pocas semanas después lo habías abandonado.

—No la creí. Sabía que lo decía en serio, y sin embargo no la creí —explica—. No creí que tuviese la intención de dejarme. Creí que podía tomarme mi tiempo y esperar el momento adecuado.

Que cedería. Que conseguiría hacerla ceder. Luego la llamé a Berlín.

«¡Olvídalo! No respetas las leyes del amor», habías dicho antes de colgar.

—Me llamará, pensé yo. Pero no lo hizo. Era septiembre, luego llegó octubre. En noviembre partió. —Mueve la mano como si pudiera señalar los Territorios Ocupados y, de repente, parece desolado, derrotado.

Me esfuerzo por no sentir pena por él. No hay justicia para los muertos.

Al llegar al hotel pido en recepción que tengan lista la factura para la mañana siguiente, porque a primera hora quiero ir de pesca, y les pregunto si en la cocina podrían prepararme el desayuno pronto, café y huevos. Tal vez, algo de fruta y zumo. A las seis.

De vuelta a la habitación guardo los recién adquiridos aparejos de pesca en la bolsa de deporte junto con la pistola y la munición, aún en sus cajas. La comida la coloco en una bolsa de la compra grande que dejo en el balcón. Allí se conservará fresca a buena temperatura.

Un día más y será viernes, y el viernes es cuando hemos quedado.

La comida temprana del viernes.

En realidad, es un *brunch*, pero prefiero pensar que será una comida.

Me sorprende su voz. Pateo un par de veces la tierra para que la sangre circule. Creo que el calcetín está casi seco, pero aún tengo los dedos ateridos.

—Después de lo sucedido, ¿cómo iba a llamarla para decirle que la acción del muro se había cancelado?

¿Es un reconocimiento de su culpa?
¿Acaba de decir que no te lo había dicho?
¿Así, sin más?

—Entonces, ¿fuiste tú?

—Que fui yo, ¿qué?

—Quien debería habérselo dicho, pero no lo hizo.

Niega con la cabeza, tose, baja la mirada. Se le desencaja el rostro, se distienden los músculos de las mejillas, se abre y se cierra la boca, muda, los labios se contraen como si reconociera algo. ¿Lo que él mismo acaba de decir?

Rabia. Mi rabia, la rabia de un padre.

—No, no... No quiero decir eso. En absoluto. No.

—¿Pero no la llamaste?

—No, no, no fue así... Realmente se lo pedí a

mi asistente. Y... y... No debería haber subido. Había recibido el mensaje. —Tose, baja la voz—. Era absurdo. Me volví loco cuando murió. Me gustaría contártelo. Seis meses de delirio. Más. Años, de hecho.

—¡No la llamaste! ¡Y luego... luego hiciste creer al mundo que desfalleció y se cayó!

Levanto la mano con la pistola, le apunto al corazón. Dentro de muy poco...

—Dispárame. —Avanza de forma ostentosa y abre los brazos dramáticamente—. Si así lo quieres, dispárame.

—No la llamaste —repito por tercera vez intentando aferrarme a algo, a la fuerza que da tener la razón y que se debilita a cada minuto que pasa. Hay algo en su psicología inversa que funciona—. ¡No la llamaste, se marchó y se cayó! —pruebo sin gran convicción.

Levanta de nuevo la voz y, de pronto, suena rabioso:

—¡Lo único que te interesa es cómo cayó!

—¡No! —grito a mi vez—. Me importa también cómo subió. ¡Se quedó allá arriba! ¡Sola! —Ha regresado mi ira. Bien. Es una sensación tranquilizadora. Apunto la pistola a su cabeza—. Y me importa porque es la pregunta que nadie ha podido contestar nunca. ¿Cómo cojones acabó en ese muro totalmente sola y sin una vía de bajada? ¡Pero ahora, ahora ya lo sé!

Disparo.

Casi disparo.

Pero lo que ocurre es que me caigo. Sobre mis propios pies, una raíz o algo con lo que tropieza mi pie derecho, justo cuando iba a plantarlo con fuerza para asentarme mejor. El chasquido que suena lo hago yo al caer entre el follaje de ramas bajas, y una gruesa que se rompe y luego llega la tierra pedregosa y húmeda, un crujir de hojas y ya está. Hay silencio.

Me quedo inmóvil. Me he golpeado la cabeza al caer, parpadeo por un momento, largo o corto, no lo sé. Veo el tocón del viejo árbol con el que debe de haber dado mi cabeza y, con cuidado, ruedo para ponerme de costado, abriendo los ojos. Me palpita la frente, las lágrimas manan de mis ojos, parpadeo, y vuelvo a hacerlo, me incorporo e intento respirar, intento concentrarme. Al fin y al cabo, no es tan grave, pienso.

Y entonces lo veo, mi pistola en su mano.

A media tarde regreso a la casa de Lou. Estoy preparado y tengo las cosas guardadas y listas, repasaremos lo que hemos encontrado, por última vez, por si hemos pasado algo por alto. Tan solo quiero pasar unas últimas horas con ella.

Estoy extrañamente tranquilo.

Es jueves y antes de la hora punta, no hay mucho tráfico, y recorro la ciudad a baja velocidad, reduciéndola aún más al llegar al cementerio. Detengo el coche a unos pocos metros de la entrada.

Estoy a punto de abrir la puerta y bajarme, pero, en su lugar, cierro los ojos y me concentro unos minutos en mi respiración interior. La calma ha desaparecido.

Sé que tengo que entrar.

He de prometerte algo.

Solo dispongo de tiempo hasta mañana temprano.

No puedo. Aun así, no puedo.

No ahora.

Abro la puerta y bajo a la acera. Contemplo el desorden de las viejas lápidas más cercanas, que parecen esparcidas en derredor, como yolas destrozadas en el mar tras un huracán. Levanto la mirada hacia las altas copas de los árboles, que se aferran a sus últimas y doradas hojas otoñales, miro luego el sendero de grava que lleva a la parte nueva del camposanto. Y a ti.

De pronto, me doy la vuelta y paso junto al coche con la puerta abierta y retrocedo por North Main Street. Sin pensarlo, giro a la izquierda hacia la universidad.

La calle tiene un trazado curioso, primero desciende y luego sube en una curva que traza un arco casi perfecto, como la alta ola que un surfista cabalga, pero cubierta de asfalto. Hasta ahora no me había fijado. Me miraba a los ojos, Lou. Sin decir nada. Apenas jadeaba, solo respiraba silenciosamente cada vez más fuerte, se corrió con un tenso temblor en todos sus músculos interiores, pero por fuera solo una leve contracción de los músculos de la cara, un vehemente suspiro y un profundo y suave oscurecimiento del iris.

Yo no estaba tan callado.

Quería casarme con ella.

Sé, por supuesto, que no es amor, que no puede ser amor, y, sin embargo, no puedo evitar sentir un deseo inmenso, casi imperativo, de casarme con ella. Me recuerdo a mí mismo que acabo de conocerla. Quizá ya esté casada, qué sé yo. No se lo he preguntado. Vivo lejos, en otra ciudad, en otro país. Otro continente. Aunque estas cosas podrían arreglarse. Encontraremos una solución.

Quiero casarme con ella.

Dentro de poco estaré muerto.

Llamo a Christine.

—Sí, todo bien —digo—. Dentro de un rato tengo una cita con el profesor Brill. Sí, ya he descubierto mucho.

—¿Es...?

—Te llamo cuando esté de vuelta en Berlín.

Ahora me resulta más fácil mentir. Me sale casi automáticamente. Como si no significara nada pronunciar unas palabras u otras.

¿A quién le importan las palabras?

Dentro de unos días estaré muerto. Mañana.

Le hablo a Christine de las fotos del entierro, nada más.

¿Se entristecerá? No lo sé. Quizá. No puedo permitirme pensar en eso.

—Nos vemos la próxima semana —le digo antes de colgar.

La próxima semana estaré muerto y también lo estará tu asesino, y eso es lo que voy a contarle ahora al profesor Brill. No con esas palabras, desde luego, sino solo que sé quién fue, y agradecerle su ayuda, y despedirme; entonces, me detengo bruscamente. Me quedo como paralizado en el borde del verde oscuro del mar de praderas que hay en los terrenos de la universidad, respirando agitadamente.

No puedo.

No es lo mismo que *no poder* entrar en el cementerio. Pero no puedo contarle al profesor Brill lo que he averiguado sobre JR y tú. Ni siquiera puedo hablarle de Lou. Y, en definitiva, no puedo despedirme de él, agradecerle su ayuda, desearle lo mejor. Se daría cuenta de lo que tramo. Y en ese caso, tendría que detenerme o se vería implicado.

No es posible, ni una cosa ni la otra. Así que me quedo de pie inmóvil y le envío un saludo silencioso, como un mensaje en una botella invisible cruzando el mar de hierba. A pesar de conocerlo desde hace muy poco tiempo, lo considero un buen amigo.

«Que te vaya bien.»

Con una extraña tristeza me doy cuenta de que lo considero mejor amigo que a la mayoría, si no a todas, de las personas que he conocido en mi vida, incluso remontándome a mi época universitaria. ¿Y por qué? ¿Se debe a la honestidad que ha podido darse justamente porque nos conocemos desde hace poco, no nos hemos involucrado en la familia del otro, en su círculo de amistades, en su carrera? ¿En su futuro?

¿La maravillosa sinceridad, generosidad, disposición que posee el nuevo conocido?

¿Un momento de intereses comunes, los suyos profesionales, los míos personales?

¿Que aún no se haya antepuesto a la sinceridad ninguna de las omnipresentes mentiras sociales?

¿O es que él es así?

¿Podríamos mantener esa honestidad durante años de amistad, si yo eligiera seguir viviendo?

Doy media vuelta y corro tan rápido como puedo, de regreso al coche.

Me gusta creerlo.

Solo queda Lou.

La pistola ha cambiado de manos y ahora la tiene él y me apunta con ella, y no debería ser así, pero casi que me da igual: si él me dispara, o yo a él.

Uno de nosotros tiene que dejar este mundo, es lo único que sé con seguridad.

Una chica muerta.

¿Él o yo?

¿El padre o el amante?

¿O ambos, tal y como yo lo había previsto?

No es una ironía del destino, Joanna, siempre estaba inquieto por amarte demasiado, para no enfadar a tu madre. Y entonces te perdí a ti y a ella, y aquí me tienes, a punto de ser asesinado por el hombre por el que te perdí.

Joanna, mi talón de Aquiles. Y tú no lo sabías, ¿o sí? No te lo conté. Tu madre lo sabía.

—Creía que lo tenía todo bajo control —dice casi disculpándose—. No era así. Pero yo la quería. Realmente la quería.

No sé por qué me lo cuenta. No quiero oírlo, pero es él quien con la pistola me apunta a un lugar indeterminado entre el pecho y el estómago, y no puedo detenerlo.

Así que no digo nada. Su voz me lleva a pensar en la carta que encontré entre tus cosas en Berlín.

«Joanna, Joanna, no te vayas. Te esperaré.»

Enviada desde Lexington.

Pero no lo hizo, justamente eso es lo que no hizo.

Con una punzada casi dolorosa, entiendo de pronto lo que hasta ahora se me había escapado: ojo por ojo, el valor que en muchas partes del mundo los hombres dan al honor de sus mujeres, sus hermanas, sus hijas. Especialmente de sus hijas.

Cuando encontré la carta, no sabía de quién procedía. Estaba firmada solo con dos iniciales: JR.

¿Cómo pudiste enamorarte de un hombre mayor, casi de mi edad, demasiado gordo, de nariz grande y con esos labios rojos y abultados? Ojillos que justo ahora bailan de un lado a otro. Es posible que, en otras circunstancias, hubiera llegado a ser mi amigo. Estando como estamos, desde luego que no lo es. Aquí estamos ambos amenazándonos el uno al otro con una pistola por ti. Una especie de duelo, un crimen de honor a la manera antigua. Mi honra está en juego porque te ofendió, y a mí contigo. Incluso si me mata, recuperaré mi honor, tu honor. De eso se trata en estos crímenes de honor. De recuperar el orgullo. Con el honor viene el orgullo.

¿Te sentirás orgullosa de mí si dejo que me mate?

La hija a la que no pude salvar, como un país perdido, pero por la que, al menos, me hice asesinar. Plantándome ante la muerte, ¿no es cierto que así recupero nuestro honor, el tuyo y el mío?

Hay entonces una cosa más que tenemos en común. Ambos moriremos por el honor que creíamos que se debía restablecer.

Los muertos por honor.

Pero tú eres mi hija, no un país.

Y los Territorios Ocupados son un territorio, que ni siquiera era tuyo. Nunca lo había sido, nunca lo sería.

Joanna, ¿no es *increíble*?

¿Tenías siquiera derecho a inmiscuirte?

«Defender el derecho de otros —dirías, para añadir—: No es una cuestión de tener derecho, sino de tener obligación.»

¿Y no era justamente eso lo que yo hacía en la diplomacia de la ONU?

Todo lo que he hecho: intentar mantener a la gente dialogando para que no se maten. A pesar de que no siempre conducirá a la justicia. No dejan de ser pequeños, quizá pequeñísimos pasos en dirección a la justicia.

Para que la justicia llegue a las personas, ¿no es acaso una condición previa que estas estén vivas?

Hay muchos modos de hacer las cosas.

¿Por qué eras incapaz de entenderlo, Joanna?

Los árboles se balancean con la suave brisa y nos rodean con un sonido susurrante. El agua cloquea algo más alto.

Si quiero sobrevivir, así son las cosas, tengo que recurrir a mis dotes diplomáticas.

Por un momento, pienso en Christine. Pienso en Lou. Intento no pensar en ti.

¿Pararás, si me dispara?

¿Te cerrará la boca, Joanna?

—Dispárame. Venga, dispara y acabemos con esto —digo.

Aún con el albornoz que Lou me ha dejado, hojeo las fotos de tu época universitaria. ¿Cómo puede ser que no supiese que Lou no era solo tu profesora de Arte, sino tu más cercana amiga durante los últimos años? O al menos una de las más cercanas, por lo que parece. Vosotras dos charláis, bebéis, bailáis, paseáis, reís, es tu risa lo que veo, ríes con esa extraña sensación de rendición que solo mostrabas con alguien con quien te sintieses tranquila. Aquí no tuviste muchos de esos momentos. O quizá sí, y yo no me enteré. Eso es lo que más me duele cuando veo las fotos. ¡Cuánto de tu vida me era desconocido!

Lou no me ha recalcado lo mucho que te conocía, era una amiga, eso es todo. Me dio el álbum y me dejó que yo lo hojeara por mi cuenta. Hacia el final aparece él, JR, en algunas de las fotos. Ella tan solo señala, no hay necesidad de palabras. Lo reconozco al momento.

Lo conozco, no muy bien, pero nos hemos visto alguna vez por motivos de trabajo, el futuro de Oriente Medio y cosas así. Yo entre los representantes oficiales, él entre los oficiosos. Eso ya lo sabía cuando oí su nombre, pero no era capaz de recordar su cara. Ahora sí.

¿Había sospechado algo sobre vuestra relación?

No, ni una vez, creo. Pero ahora que pienso en ello, me parece tan evidente que imagino que habré tenido algún presentimiento.

Pero lo cierto es que no le di más vueltas.

Tu vida era tuya.

Incluso después de tu muerte, ni una sola vez lo consideré. Investigué tu muerte, no tu vida.

¡Qué error!

Cuando salgo de la habitación, Lou está otra vez sentada a la mesa del comedor, con los papeles y las fotos esparcidos por toda ella.

—Tengo dos cosas más para ti —había dicho con su risa callada cuando crucé la puerta sin cerrar de la calle y la conduje directamente hacia el dormitorio para sentirla junto a mí antes de seguir hablando.

Ahora ya estoy preparado para escuchar. Le beso la frente y saco la comida que he comprado en Walmart. La última cena, esta vez sí. Me preocupa no contárselo, pero sé que no puedo. También me doy cuenta de que, por extraño que parezca, no estoy demasiado preocupado.

Me pregunto si no será que en algún lugar de mi ser tal vez albergue la esperanza de que, de algún modo milagroso, suceda algo que haga que no tenga que llevar a cabo lo que tengo en mente.

¿O es que, aunque Lou no sepa nada, siento que en cierto modo somos cómplices del futuro crimen? O mejor dicho: cómplices del acto de justicia que se debe ejecutar.

Para interrumpir el torrente de ideas de mi cabeza, me pongo a lavar y cortar las verduras, sirvo un poco de vino y le pregunto a Lou por la novela en la que está trabajando.

—Está casi terminada —responde acercando un taburete a la cocina para sentarse.

Me gusta que no se ofrezca a ayudar o a ocuparse de la comida. Y me gusta que no insista en hablar de ti. También ella necesitará escapar, ser ella y yo en algo que parezca una conversación normal, aunque sea durante un breve instante.

—Trata de la justicia —dice—. Me senté a escribir sobre la operación en el muro que Joanna no pudo realizar. En ocasiones son posibles en la ficción cosas que no lo son en la realidad. Algunas veces, si se dan las circunstancias correctas, la ficción puede incluso tener el mismo efecto que habría tenido la actuación real. Así que estoy intentando organizar la manifestación en un libro. Incluso lo sitúo en el mismo año, en el año cuadragésimo séptimo de la ocupación, y hago que cuarenta y siete jóvenes trepen al muro, cada uno por un punto. Exactamente como Joanna lo había planeado. Sin violencia. Simplemente estar. Y ser tantos que la prensa internacional no tenga más remedio que prestarle la debida atención... —Ahora comienza a sonar como un resumen de tu plan de acción, olvidando que me conozco tus planes en detalle. Pero me agrada oír su voz, su pasión, y no la detengo—. Ser tantos que las fuerzas de ocupación no puedan hacerlos bajar, estar tan dispersos que las grabaciones de los medios de comunicación no puedan dejar de mostrar toda la extensión del muro, la terrible verdad, la separación de las gentes de sus campos, sus familias, su tierra. Cortando lo poco que queda de ese pequeño país en trocitos desordenados, inaccesibles e improductivos. Y cada año más. Hacer patentes todos los horrores de la ocupación... Conseguir, además, que los helicópteros y las avionetas graben y tomen fotos, para que sea imposible ocultar por más tiempo la forma en que el muro se adentra en los Territorios Ocupados. Dividiendo las aldeas y los campos y destruyendo todo resquicio de vida autosuficiente que pueda existir allí. Despedazando el país a lo largo y ancho, como una trituradora, haciéndolo deliberadamente inhabitable. —Coloca la mano en mi hombro.

—La operación descrita como ficción.

Puede que funcione, a pesar de que no estoy seguro de que me guste la idea.

Pensar que tu desastroso plan se hace realidad en la literatura. Me revuelve las tripas. Pero no depende de mí que guste o no. Y hay otra pregunta más acuciante:

—¿Cómo acaba? —susurro.

—Aún no lo sé. —Lou niega con la cabeza, levanta la copa, se acaricia el pie dudando—. Es lo que tienen las novelas. —Suspira—. Esta me ha dado muchos problemas. Pero veo que estoy ya muy cerca de dar con el final.

Bebo mi vino. Lou el suyo. Nos quedamos un rato en silencio. Luego me levanto para remover las cazuelas que tengo al fuego.

Por la tarde, al repasar todo de nuevo, fue como si recordara algo más. Habías hablado mucho de ello, del plan, y luego, de repente, no dijiste nada más. Eso es lo que Lou me contó.

—Y me pidió que no se lo contase a nadie —dice Lou a mi espalda junto a la cocina—. Le hice la promesa de hacerlo así, y la mantuve. Pasó algo de tiempo, no mucho, unas semanas, quizá un par de meses o así. Durante ese periodo no hablamos mucho. No por ninguna razón en particular. Como te dije, yo estaba de gira presentando un libro y Joanna estaba muy ocupada preparando su proyecto. Cuando volví, ella ya se había marchado a Berlín. No quería decir nada por teléfono, era demasiado arriesgado, por lo que no me contó detalles de nada, ni siquiera de adónde iba, tan solo comentó que todo estaba preparado. «Mira las noticias el 11 de noviembre», me dijo. No pregunté nada más, era una parte de nuestra amistad. Respeto al derecho de la otra a hablar o a no hacerlo. Yo no le comentaba nada de mis novelas hasta que estaban listas, y ella no me decía nada de sus operaciones hasta que se habían realizado. —Vuelve a tomar un sorbo de vino y se levanta. Tiene el rostro en tensión y se muerde el labio inferior, cruza los brazos—. Unas semanas después, cuando la vi allá arriba, pensé que se había cansado de esperar a que el gran plan fuera aprobado y había decidido llevarlo a cabo sola. Pero cuando avanzó el día, los días...

—No debes culparte —interrumpo como un eco exacto de lo que innumerables personas me han dicho a mí. Y quizá, al mismo tiempo, como las palabras que quiero que ella recuerde cuando, dentro de muy poco, descubra que yo también me he ido.

—Era una locura. Lo supe incluso antes de que se cayera. —Se pone de pie, se aproxima a mí y me rodea con los brazos—. No podía decir con precisión qué era, pero había algo que no era como debería. Y sabía que Joanna nunca habría optado por dejarse morir en una huelga de hambre. Y hoy, mientras estabas en el hotel, estuve revisando nuestros correos electrónicos de entonces. De los últimos meses. No son muy reveladores, pero en un momento menciona *¡la señal!* —Lou se echa hacia atrás y continúa con voz confusa—: Así que no me equivocaba. Estaba esperando una señal, una indicación de algún tipo. Pero sigo sin saber qué era.

Le beso el pelo y respiro su aroma a bosque y musgo, resistiéndome a dejarla.

—Tranquila —le susurro, sobrecogido por un alivio que no demuestro—. Tranquila. Ahora sabemos lo que hasta ahora solo podíamos sospechar: que debería haber llegado una señal. Que era eso lo que esperaba.

—Estamos muy cerca, pero aún no puedo... Si al menos le hubiera preguntado algo más, quizá habría conocido los detalles, sabido lo que planeaba, qué tipo de señal esperaba... —murmura Lou apoyada en mi hombro.

Nos amamos con serenidad, casi sin un ruido. Como si la proximidad del momento fuera tan ensordecedora que apagase los demás sonidos.

Cuando nos levantamos, Lou me alcanza de nuevo el albornoz azul de talla masculina y se pone el suyo. Intento alejar los celos que me provoca el que será el propietario de esa prenda, pensando que no estaría mal que, en los días posteriores a mi marcha, tuviera a otro. Puede que lo necesite. Me gusta pensar que es así.

Volvemos a la cocina y nos ponemos a comer sin hablar, como si hubiéramos agotado nuestra necesidad de palabras.

El pollo está pasado, la carne se desprende del hueso entre las verduras demasiado hechas de la olla, y el arroz está quemado, a pesar de que había bajado el fuego antes de lanzarnos al dormitorio. Pero el sabor no es tan malo, y la ensalada no ha sufrido por esperarnos en su bol.

Casi hemos terminado de cenar cuando lo recuerdo:

—Bueno, ¿y cuál era la otra noticia?

La pistola ha cambiado de manos.

No sabe qué hacer. Me apunta con ella, pero no convencido. No dispara.

—Atrás —dice agitando el arma como si fuera una pistola de juguete—. ¡Arriba las manos!

Me río. Veo que no está acostumbrado a manejar un arma, pero de todos modos retrocedo dos pasos, sabiendo que, a esta distancia, incluso un disparo accidental me alcanzaría y probablemente me mataría. De nuevo me tropiezo con una gruesa raíz, pero recupero el equilibrio. Mientras lo observo para ver si eso provoca alguna reacción, apoyo la espalda en el tronco del roble que tengo detrás, doblo las rodillas y me deslizo poco a poco hasta quedar sentado en la tierra. No levanto las manos al cielo. ¿Qué va a hacer? ¿Dispararme?

De pronto me doy cuenta de que no puede matarme. La lógica está de mi lado.

¿Cómo iba a explicar que me disparó allí?

Nadie creería que había sido en defensa propia. Que yo, el diplomático curtido, fuera a matarlo a él. Las llamadas telefónicas mostrarán que fue él quien me llamó al hotel. Yo había alquilado la cabaña y me fui a pescar al río. Él me visitó. Planeó mi muerte. Con premeditación.

Yo muerto; él, encerrado de por vida, quizá incluso pena de muerte.

Me doy cuenta de que es solo otro modo de lograr lo que había venido a hacer. Ejecución.

Ejecución de un modo u otro.

Dos muertos.

En todo caso, yo gano.

Le tiemblan las manos, tiene la cara roja y veo una gota de sudor que le corre por el cuello. Se ve que está más nervioso, más incómodo que cuando era yo quien le apuntaba con la pistola. Observo que la lógica no es su única debilidad: tampoco sabe disparar. Y yo sé que tengo una gran ventaja.

Solo tengo que esperar.

¿Lo amabas, Joanna?

¿Querías casarte con él?

¿Por qué no se divorció por ti?

¿Habrías querido que lo hiciera?

Sé sincera, ¿habrías querido?

¿Qué hacías realmente subida a ese muro?

¿Por qué te quedaste allí?

¿Por qué te caíste?

¿Por qué te quedaste hasta caer?

Vuela, Joanna. Vuela.

—Tenía un novio. No lo sabías, ¿verdad? —Mientras hablo con él, miro al gorrioncillo implorándole en silencio que eche a volar.

—Claro que lo sabía. —Ahora habla desafiante, casi alterado.

Le he dado. Él tiene la pistola, pero yo le he dado.

—Es verdad, lo sabía perfectamente. El novio era una manera de ocultar y proteger nuestra aventura. Estábamos de acuerdo los dos. Buena idea. Me resultaba odioso pensar en que estaría junto a ella, poniéndole las manos en los muslos. Lo que su cuerpo podía hacer con el de ella. Y al mismo tiempo, era tremendamente excitante...

Esto no me gusta, el modo en que retuerce las cosas.

—... aumentaba mi deseo por ella. ¡Como si no me encendiese lo suficiente ya de antemano! Poniéndole las manos en los muslos. Poniéndole yo las mías. Él penetrándola. Yo también. Él se había corrido en su interior, yo me corría en ella.

¿Por qué demonios me cuenta todo eso?

Estoy tan aturdido que ni siquiera intento detenerlo. La pistola. ¿Será porque es él quien tiene el arma? ¿Pretende controlar la situación hablándome de cosas que sabe que no quiero oír? ¿O intenta simplemente alejar su sentimiento de culpa haciéndome sentir incómodo de alguna forma grotesca y artificial?

—¡No has tenido nunca una aventura con ella! —le grito—. Solo querías...

—«Si te quedas embarazada no sabrás quién es el padre», le dije —continuó sin inmutarse—. «No lo haré», contestó ella, lo que interpreté como que no se quedaría embarazada. Después pensé que tal vez lo que quería decir era que estaba de acuerdo con mi afirmación. Luego fui a la ventana a fumar. Nunca salía a su balcón, por miedo a que alguien me reconociera. Ya había cámaras en los móviles, la era de la falta de privacidad. Siempre tenía cuidado de que las cortinas estuviesen bien cerradas, tiré al váter el cigarrillo, que todavía ardía, y volví a la cama.

—¡Cierra la boca! —le grito.

Pero no se calla.

Me concentro en los árboles, el débil murmullo de las últimas hojas amarillas de los abedules, y me fijo en una extensa tela de araña entre las ramas de los pinos de mi derecha. Clavo la mirada en ella, pero su voz sigue presente.

—Quería darle la vuelta, poner bocabajo su perezoso y aún medio dormido cuerpo.

Se acerca a mí y me mira fijamente a la cara mientras, casi por azar, me apunta con la pistola al diafragma.

—Me había escupido en los dedos, pero no estaba lo suficientemente húmedo, así que busqué delante la humedad que aún conservaba, su lento gemido, que dejó paso a un respingo de sorpresa cuando pasé al orificio de su culo. Ah, su redondo culo. No la esperé. La imagen de las manos de su novio, de su joven polla, me lanzó a por ella como un loco, quería castigarla, hacerle daño por haber permitido que otro la tocara, quería estar donde él no había estado, quería poseerla allí, solo allí, así que empujé y no me detuve cuando sentí que se tensaba ofreciendo resistencia, empujé más, obligando a la nunca usada angostura a ceder; «para», me susurraba, «para», rindiéndose a un tiempo ante lo que ignoro si era un gozo desconocido o ante mi propio gozo. Me dejó hacer con ella lo que yo quise, porque amaba ser mía. Y lo era.

Por un segundo pensé que no era verdad que ya sabía lo de tus otros novios. Pero esto es demasiado detallado, contado con muy poca vacilación, para no ser verdad. Aun así, algo no va bien, aunque ahora mismo no estoy seguro de qué es. Quiero que deje de contármelo, pero sé que no parará, que encuentra un placer muy especial en contarme justamente esto.

Aunque sea un aficionado, sigue apuntándome. Fuera de mi alcance.

Así que intento concentrarme en no mostrar lo mucho que me molesta escucharlo. Intento no oír, concentrarme en los gritos de las gaviotas, que no son gaviotas, sino gorriones, gorrioncillos, mientras él sigue y sigue con esta historia de la que no quiero saber nada. No quiero saber nada de ti.

—Era mía. Y eso era todo lo que yo quería, eso y la punzada deliberadamente lenta, la tomé por donde era demasiado estrecha para mí, y no la ayudé, no la masajeé con suavidad para disponerla, solo agarré sus pequeños pechos, le mordí el cuello y me tomé mi tiempo, porque era la segunda vez, borboteaba el gozo, y sus grititos se hacían más fuertes, y le metí el índice en la boca, y cuando me corrí, ella me mordió hasta hacerme sangrar; tan lejos me encontraba en la ebriedad del momento que no lo sentí ni lo vi hasta después.

No digo nada. Vuelvo a apoyarme en el árbol, tan aturdido estoy que puede que mi boca se haya abierto para emitir palabras que no puedo pronunciar porque no sé cuáles son. Y es como si él lo viera, el enmudecimiento, y lo considerara un estímulo y pensara que va por buen camino, un camino que podría conmocionarme hasta hacerme dar marcha atrás. Porque no cabe en mi cabeza que esté tratando de hacerme comprender, de hombre a hombre.

¡Sea lo que sea, está equivocado!

Puede que no me salgan las palabras, pero si alguna vez tuve la más mínima duda, ahora sé con certeza que le dispararé.

Solo necesito hacerme otra vez con esa pistola.

—Se convirtió en nuestra manera. Ese pequeño cosquilleo antes de la ebriedad. Nunca le pregunté si hacía lo mismo con el otro, el falso, como yo lo llamaba. Estaba seguro de que no lo hacía. Mirando atrás, no sé cómo podía estar tan seguro, simplemente lo estaba. Eso era nuestro. Ese resoplido que sonaba justo antes de morderme los dedos.

Se detiene durante uno o dos segundos, parpadea y casi parece alguien que vuelve en sí tras una hipnosis o un trance. Tose, luego continúa de forma más controlada, con una ligera aspereza en la voz:

—Nunca le di a mi esposa ninguna explicación sobre los mordiscos en los dedos. Seguro que sospechó que había otra mujer. Pero no podía saber que era Joanna. Y nunca mencionó nada. Ni siquiera me lo reprochó con la mirada. Eso es lo que la convierte en una esposa fantástica. —Aquí hace una pausa, como si por fin debiera tener en cuenta qué palabras utilizar, antes de añadir—: Dirá más de uno.

Su voz vuelve a ser más alta, más clara; ¡cómo lo detesto! ¡Y ahora tengo un plan! Despacito, mientras él sigue hablando, despacito, para no alarmarlo, me pongo de pie hasta quedar completamente erguido de nuevo. Él no parece darse cuenta, sigue hablando.

—Sin embargo, esa docilidad eterna, las sonrisas con las que mi mujer lo aceptaba todo fueron justamente las que hicieron imposible dejarla. Incluso puedo decir que la quería, todavía la quiero, es decir, salvo por la docilidad que me convierte a mí en mal cónyuge. Era, es, una buena madre para nuestros hijos, una buena esposa. Así que, aunque ella nunca me lo pidió, me puse a trabajar en nuestro jardín para que las espinas de las rosas fueran la respuesta a las preguntas que no se planteaban sobre los dedos ensangrentados. Ni siquiera lo hacía la gente del pueblo. Ni siquiera cuando... cuando mis dedos sanaron de repente y me ahogué en una profunda depresión, exactamente al mismo tiempo, al mismo tiempo que... que... que Joanna..., una joven empleada de HRAW..., se cayó de aquel muro.

Pierde el resuello y jadea un par de veces, ¿o se está preparando para disparar?

—Incluso ahora todavía puedo oír mi propio susurro: «¡Joanna, muérdeme, muérdeme!». —Mira hacia el río—. Y mordía. ¡Cómo mordía!

No es verdad.

Nada de eso es verdad, ¿o sí?

Me bebo el resto de mi copa, echo hacia atrás la cabeza y me termino el vino como si fuera agua.

Sigo sin comprender del todo lo que acaba de decir Lou. Pero luego, lentamente, voy entendiendo. Eso que todos sabían y que no pudo averiguar lo que era. Lo que también había mencionado el profesor Brill: que debías de estar esperando algo. No habías ido a manifestarte por tu cuenta en lugar de la acción que había sido cancelada. Debías de estar convencida de que el plan original iba a hacerse realidad. No solo que todos los demás ocuparían también sus lugares en el muro, sino que habría una señal evidente de lo que tendría que suceder y cuándo. Alguien te había hecho creer que sería así. Y no te había contado que no ocurriría.

—La señal, que nunca llegó... —murmuro, y

repito luego en voz alta—: La señal, que nunca llegó, ¡claro!

—No está solo en su libreta. Al final conseguí que alguien me lo contara. Tenía que haber una indicación para hacerles saber que debían bajar. Una señal para todos ellos.

Esa era la segunda noticia que Lou tenía que darme: que por fin alguien había dicho algo que probablemente no debía.

—Fue el último número, uno de esos con los que no pudimos comunicarnos. No había nada que perder... —Sonríe—. Así que fingí llamar en nombre de HRAW, no tenía motivos para ponerse nerviosa..., pero como alguien estaba investigando qué había sucedido en torno a la muerte de Joanna Merlin; que, desde luego, no había ningún problema, pero que sería mejor no comentar nada, especialmente los detalles de la acción. Ya sabes, por motivos políticos y cosas de esas... Y sobre todo la señal. La señal para todos vosotros que debería haber dado por finalizada la acción, que mejor que siguiese sin mencionarse. —Lou se levanta y se acerca hacia mí.

«Desde luego que no —había dicho la mujer—. Nunca le he hablado a nadie de la señal.»

—Tras esa primera, llamé a algunos de los otros a través de Skype, poniendo como emisor un número falso de HRAW.

Había probado con tres. Ninguno de ellos preguntó: «¿Qué señal?».

Había destacado expresamente la señal, la había mencionado varias veces, incluso había llegado a decir: «Es mejor no mencionar la señal con la que todos vosotros habríais sabido que finalizaba la acción, la señal que haría que bajaseis todos. No es nada serio, por supuesto, tan solo una norma de actuación, así es mejor de cara a los donantes, que HRAW no sea mencionado en esta caza de un chivo expiatorio. Puede que ya hayáis oído hablar de una supuesta escritora. Bulos, teorías de la conspiración. Ya sabéis». Y lo sabían.

Nadie había preguntado: «¿Qué señal?».

Ahora soy yo quien pregunta.

—¿Qué señal? Lou, ¿cuál era la señal?

—Aún no lo sé —responde poniéndome la mano en el brazo—. Habría sido muy sospechoso preguntarlo teniendo que fingir que lo conocía. Y ya hemos llamado a todos los que pudimos localizar. Aparte de ellos, la única persona que se me ocurre que podría saberlo es el intérprete y guía local de Joanna. Pero ya he llamado varias veces en los últimos días sin dar con él. He dejado varios mensajes. Y ayer por la tarde volví a llamar diciendo que era urgente. No me ha devuelto la llamada. Quizá ya no esté vivo. Tal vez le resulte demasiado peligroso hablar.

Cierro los ojos. Intento no verte allá arriba.

Camiseta amarilla, los brazos estirados a ambos lados.

Lista para volar.

Como en las dunas de Tisvilde cuando eras pequeña.

Salvo por el amarillo.

—¿A qué esperaba? —Levanto la voz y grito a pleno pulmón—: ¿QUÉ COJONES ESTABA ESPERANDO SUBIDA EN EL MURO?

No parece hacerle mella. ¿Me he descubierto al plantear esta pregunta? ¿Le he mostrado que planeo distraerlo?

No me deja tomar la iniciativa.

—Me habló de ti —dice con una especie de risita sarcástica, consciente de que me ha pillado—. No siempre cosas buenas. —Se ríe y saborea el momento.

Que lo saboree. Tenso los músculos de la pantorrilla.

No puedo evitar preguntar:

—¿Qué te contó de mí?

—No te gustaría saberlo —dice agresivo, como una versión amarga de las palabras que el profesor Brill había pronunciado poco antes con un sentido totalmente diferente, y tienen también una agresividad un tanto excesiva como para ser genuina.

Eso me da una extraña energía y optimismo que me permite golpear la tierra con el pie, y le doy una patada tan fuerte que, casi como un efecto secundario no pretendido, le llena la cara de polvo y piedrecitas. Grita y se tapa el rostro con la mano izquierda, mientras la derecha, que sostiene la pistola, se agita inútilmente en el aire.

No dura más de un segundo.

Estoy más ágil de lo que creía. Mis muchas horas de carreras me resultan ahora útiles: es como si mi cuerpo, todos mis músculos, articulaciones y tendones de ambas piernas, brazos y manos se despertaran de golpe con una explosión.

Me río.

Vuelvo a tener la pistola.

No hacen falta más palabras.

Qué sorprendente.

Todo lo que hacía falta era una patada para lanzar arena a sus ojos.

No sé de dónde salió la patada en mis pies.

Estoy muy orgulloso, un viejo diplomático como yo.

Pelea, contraataca.

Vence.

La primera noche apenas dormimos porque seguimos trabajando y no pudimos evitar seguir intentando colocar todas las piezas en su sitio.

La última noche no dormimos porque seguimos haciendo el amor.

Cuando me levanto, son las cuatro de la mañana y está completamente oscuro.

Lou respira tranquilamente y con una profunda regularidad que me indica que ha caído dormida. Le doy un ligero beso en la frente. No despertarla, no explicarle nada son mis únicos pensamientos mientras me muevo por la habitación intentando ponerme los pantalones y la camisa sin hacer ruido. No quiero que se vea implicada. Más tarde podrá decir que no sabía nada, que no sospechó lo que tenía planeado hacer. Que pensó que me había escabullido temprano para ir al aeropuerto de Washington Dulles y tomar mi vuelo de la mañana a Berlín. Que pensaba que la llamaría en algún momento cuando estuviese en casa. Que volvería al cabo de unas semanas o meses. Que creía que solo me había ayudado a encontrar la paz averiguando qué había sucedido realmente con mi hija.

Eso es todo lo que le he contado.

He recogido mis cosas y estoy ya a punto de marcharme sin dejar nada atrás (hemos intercambiado las palabras necesarias y con besos nos hemos despedido hasta volver a vernos), cuando regreso sobre mis pasos. Tanteo en la oscuridad, enciendo la luz de la cocina y cojo un cuaderno y un bolígrafo de la mesa.

«Tenías razón —escribo—. En todo. Gracias.»

Y luego, en danés, con letras mayúsculas: «TAK».

Lo entenderá.

Más adelante.

Es mi modo de protegerla.

De darle un abrazo.

Apago la luz y, sin hacer ruido, cierro tras de mí la puerta de la calle, inspiro en la noche el aire helado del bosque y escucho el ulular de una lechuza mientras me dirijo al coche entre el crepitar de los guijarros.

Estoy preparado.

Le acerco la pistola a la cara, hasta que el cañón está a no más de treinta centímetros de la frente.

Parece tener miedo, pero curiosamente más cómodo que antes. Mejor sin una pistola que con una.

—Ella me quería —dice.

¡Menudo imbécil! Tiene fe en la palabra.

Como si creyera que hablando me va a ablandar y a salvarse. ¿Cómo podría matar al hombre que amabas? ¿Es eso? Es gracioso que también mi estrategia había sido hablar. Antes. Y antes no supone antes de ti, sino antes de estos últimos meses, o más bien días, en los que extrañamente he dejado de creer en la palabra.

Ya no tengo fe.

Ahora sé que nadie te va a decir la verdad irrefutable, a menos que se vean obligados a hacerlo. A menos que tengan una pistola en la frente.

Y aun así, tal vez sigan intentando mentir.

—«Te quiero», me dijo —continúa él—. Y se quedó mirándome como si no hubiera nada más que decir. Y no había nada. Mira, Teodor, si puedo llamarte así, no había nada más que decir. Lo supe, solo que no en ese momento.

Tose, sus ojos recorren los alrededores buscando posibilidades de huida, creo, antes de regresar a la pistola. No hay ninguna.

—Estaba seguro de que no le sucedería nada. Que bajaría y regresaría.

Empieza a llorar. Solloza. No es digno en un hombre de su posición, pero es incontrolable, como solo lloraría un amante desesperado o un niño perdido. Da rienda suelta a su llanto, pensando, seguro, que de todos modos estará muerto dentro de un instante.

Lo único que siento es asco.

¿Solloza por ti, Joanna?

¿O por sí mismo?

—No tienes derecho a llorar —le digo con frialdad—. Tendrías que haberla llamado.

—Yo la quería —suelta medio ahogado por los sollozos—. Sé que debería haberla llamado.

Vuelvo a dar una patada en el suelo y le lleno

la cara de tierra. No se la quita y deja que se le pegue a las lágrimas, como oscuros chorretones cayéndole por las mejillas.

Patético, lamentable, miserable, débil, débil y malvado.

Sonrío: sí, ahora entiendo la forma de actuar.
No necesito más palabras.
Vuelvo a tener la pistola.
El poder.
En el poder está la justicia.
En el poder de la pistola reside la única justicia posible.

¡Qué interesante!
Lo único necesario era una patada en la arena.

¿Estás orgullosa de mí, Joanna?

Los faros cortan el bosque como figuras danzantes sobre negro, tan parecidas a un manido cliché que por un momento me hacen sentir como el intérprete de una serie policiaca barata, concebida por algún director de serie B al que le gusten los efectos.

Dejo caer el coche por la ladera en punto muerto, sin ruido, hasta que alcanzo el llano a las afueras de la ciudad. Aunque no hay tráfico, no se ve ni un solo automóvil o persona, conduzco muy despacio. Cuando bajo por North Main Street y me aproximo al cementerio, disminuyo aún más la velocidad, dejo que el coche se deslice tan lentamente que se podría caminar a su lado, luego todavía reduzco más, poco a poco, casi sin avanzar, hasta detenerme por completo a la puerta del cementerio.

Apago el motor.

Me apeo y subo la escalera dubitativo, mis tacones resuenan huecos contra el viejo granito y me traen a la memoria un recuerdo hace tiempo diluido de un eco bajo los arcos del Louvre en París, hace solo unos pocos meses, y toda una eternidad. No hay nadie en las cercanías y, sin embargo, avanzo despacio y con cuidado, casi de puntillas, como si temiera despertar a los habitantes del cementerio. No me voy directamente a tu tumba, sino que me desvío cuando la estatua de Stonewall Jackson empieza a tomar forma en la oscuridad. Flota en el aire, divino y todopoderoso, muchos metros por encima, en su pedestal, y el único rasgo que lo humaniza es el modo en el que, congelado en medio de un paso, con un pie delante del otro, debe apoyarse en su espada como si de un bastón se tratara.

Me acerco, pero tengo que detenerme junto a la verja de barrotes de hierro que rodea todo el recinto de la estatua. No es muy alta, solo me llega hasta mitad del muslo. Echo un vistazo a mi alrededor, nadie, paso por encima de la reja, con cierta torpeza, una de las puntas de los barrotes me raja el pantalón, y estoy junto al pedestal.

¿Es lo que se sentía, Joanna? ¿Hacer algo prohibido?

Tenía un objetivo, papá. ¿Qué demonios crees que haces?

Desprecio, siempre ese desprecio.

¿No hay realmente ningún modo en que pueda compensarte lo que hice, o lo que no hice, Joanna?

Hice todo lo que pude, tienes que entenderlo.

No. Y así será: no, no y no.

«¡Tú no eres mi padre!»

Una puerta que se cierra de golpe.

¿O es mi imaginación?

Desde aquí ni siquiera llego a los pies de Jackson. Pero el zócalo tiene forma piramidal en la base, construido por cuatro filas de piedras que pueden utilizarse como una especie de escalera. Después es más complicado. Hay una moldura que sobresale en todo el contorno de la cornisa y me cuesta bastante salvarlo. Al final, me quito el cinturón de cuero, lo cierro en uno de los agujeros más abiertos y pruebo si me puede sostener; tengo que pelear un poco antes de poder pasarlo alrededor de la pierna derecha de Jackson, la que tiene adelantada. Utilizando el cinturón como una eslinga, me alzo con cuidado hasta entrelazar con torpeza mis piernas con las de él. Me hago un ovillo entre sus pies mientras con los brazos me amarro a la pierna de bronce para no caer.

Desde mi posición no puedo ver más que la gran barba de Jackson. Parece amistoso, como el abuelo de uno. Quiero seguir subiendo, y con cuidado me pongo de rodillas antes de levantarme, mientras me agarro todo el tiempo al sucio bronce, me alzo desde la pierna hasta el estómago y luego al pecho. El bronce es liso y no tengo mucho sitio para mis zapatos al lado de las botas militares de Jackson, pero ahora he podido abrazar bien su talle, y mientras consiga mantenerme bien pegado a él, estaré bien equilibrado.

Me inclino con mucho cuidado, suelto el cinturón de la pierna de Jackson y hago un nuevo lazo que enrollo en torno al cuello de la estatua. No sabría decir por qué, pero quería estar lo suficientemente alto como para mirarlo cara a cara. Con la mano izquierda bien sujeta al cinturón, trepo por el torso y, apoyando firmemente el pie derecho en el perfecto hueco que forma su brazo izquierdo doblado, alcanzo mi objetivo: me siento en el hombro de Stonewall Jackson mientras le rodeo el cuello con los brazos para no caer.

El suelo está terriblemente abajo, tan lejos que en la oscuridad no soy capaz de verlo, tan lejos que sé que me haría daño si me cayese. Quizá de gravedad. Por un momento pienso en tus hermanos, en tu sobrina Therese. Y ya estás de vuelta.

Coraje, papá.

Vuela, gran pájaro, vuela.
Aletea, aletea.
Vuela.

Mientras intento mantener el equilibrio con el cuerpo y las piernas, me inclino un poco hacia un lado para ponerme a la altura de los ojos de Jackson. Es incómodo, porque tengo que doblar el brazo izquierdo alrededor de su cuello y sujetarme bien a su brazo con la mano derecha para no resbalar del hombro. Tiene los ojos borrosos, pero con una extraña vivacidad en la mirada, que se dirige a la derecha, mirándome a los ojos.

Le tiro de la barba, infantilmente, lo sé, y además inútil: no cambia la expresión severa, ni mi opinión sobre él. Tengo un gran deseo de darle en la cabeza, pero el único útil que llevo encima son mis llaves, y aunque empleo todas mis fuerzas, solo consigo hacerle unos rasguños superficiales en los prominentes pómulos. Pruebo en otros lugares, pero está demasiado bien fabricado: ni siquiera soy capaz de hacer mella en alguno de los botones del uniforme. Vuelvo a deslizarme a una posición más cómoda para poder descansar un poco la espalda, a la vez que le rodeo el cuello con las piernas para mantenerme seguro. Me quedo así, quieto un momento, sopesando mis opciones. No quiero dejar que se vaya sin su merecido, pero no me viene a la mente nada adecuado. ¡Tendría que haber traído la pistola! ¡Imagínate, volarle la cabeza a Stonewall Jackson!

Se me ocurre una idea. Sujetándome todavía con el brazo izquierdo de la frente de Jackson, me quito la fina bufanda de lana con la mano derecha y la enrollo con cuidado en su cabeza, de forma que le cubra los ojos. Le hago un nudo en la parte trasera.

Eso es.

Ahora está tan ciego como siempre estuvo.

Mi pequeña contribución a la revisión histórica.

Me pregunto qué pensaría el profesor Brill. Casi puedo oír su risa ronca.

Luego, desciendo con cuidado utilizando el cinturón para llegar a la cornisa de forma controlada, desde donde me voy deslizando para bajar hasta los escalones inferiores antes de poner los pies en el suelo.

Retrocedo un paso para admirar mi *Stonewall Jackson cegado*. Pero es decepcionante. En la oscuridad no puedo ver casi nada. Solo las dos puntas con flecos de la bufanda proyectan una sombra en la parte posterior de la cabeza, revelando que algo está mal.

De todas formas, sonrío.

¡Ven, luz del día!

Estoy satisfecho de mi trabajo.

Hasta que cruzo otra vez la valla, y a la débil luz cambiante de la luna, no me doy cuenta de la punta de mi cinturón colgando como un lazo de su cuello. ¡Maldita sea! ¿Podrán encontrar la manera de seguir mi rastro? No, solo Lou podría reconocerlo. Es un viejo cinturón de cuero negro muy normal. No pasa nada. Además, también está la bufanda de lana, pero también es corriente, gris, pues decidí vestir lo menos llamativamente posible. Muchos hombres tendrán una así colgando en sus armarios, no me va a señalar a mí.

Tampoco es tan trágico.

Pensarán que es una ocurrencia de los estudiantes: cegar la estatua de un general que veía a algunos humanos menos humanos que otros, y que incluso fue a la guerra por el derecho a tratar inhumanamente a algunos humanos.

Le dirijo un último saludo al ciego Stonewall Jackson, luego me vuelvo y me muevo con paso decidido hacia tu tumba.

A ti.

Mi retoño fallecido.

Mi único retoño.

No es cierto, lo de Paul y Harald. O Therese.

Me inventé a tus hermanos, los gemelos, ¿fue

en las semanas después de tu muerte? Debió de ser. Para tener compañía, un ejercicio de la mente para mantener mi corazón ocupado, supongo. Es reconfortante imaginarse a dos hijos bien adaptados, uno que trabaja en el mundo de las finanzas, con una cartera de inversiones, éticas, por supuesto, el otro un arquitecto, preocupado por el medio ambiente, que construye casas sostenibles de calidad para gente con pocos recursos. Mi sangre corre por sus venas, mis valores están grabados en su ADN, mi herencia se expresa en sus hechos. Sin desprecio. Mis propios fracasos convertidos en éxito.

En ti.

Alguien a quien querer.

Hijos gemelos.

Te decepcioné.

No me malinterpretes, tú no fuiste un fracaso, Joanna.

Fallaste, pero no fuiste un fracaso.

Lo soy yo.

Yo te quería.

Estoy orgulloso de ti.

En la oscuridad he encontrado el camino a tu tumba casi sin darme cuenta y te hablo ahora con una mano posada en el frío mármol blanco de tu lápida, que no tiene nada que ver contigo.

Oh, Joanna.

Vuela, pequeña niña. ¿No quieres volar?

Puede que fallaras, pero lo intentaste.

Dejo el mármol y me levanto, limpiándome la suciedad de los pantalones con las manos.

Me toca a mí.

Te he dado mi palabra.

Sigue negando con la cabeza. Se apoya en el tronco del roble. Cierra los ojos. Podría dispararle ahora. Evidentemente, no lo hago. Todavía quiero conseguir que diga algo. Quiero que lo admita. Cuando lo haya hecho, dispararé.

—¿Qué le habías prometido? —grito—. Esperaba algo, pero ¿qué era?

Abre los ojos y se inclina hacia delante.

—Si al menos lo hubiera sabido —dice con sorprendente seriedad.

—¿Sabido qué?

—Que ella lo creía.

—¿Qué creía? —Me estoy impacientando.

—Que la acción se desarrollaría como estaba planeada en origen. Que participarían todos. —Vuelve a mover la cabeza.

—¡Ya hemos hablado de esa parte!

—Teodor —dice como si dirigirse a mí por mi nombre de pila fuera a ayudarlo—. No lo sabía. Y es cierto que debería haberlo sabido. Llevaba tanto tiempo hablando de ello. Otros habían hablado de ello. Pero cuando partió, no nos hablábamos.

Tienes que creer lo que te digo. Estaba completamente seguro de que algún otro le habría contado que la acción del muro no iba a llevarse a cabo. —Tose, tiene la curiosa manía de toser, y vuelve a apoyarse en el tronco del árbol—. Quizá pensaron que yo se lo había dicho..., igual que yo pensé que ellos lo habían hecho.

No lo creo. Ahora se retracta de lo dicho previamente, que se lo había pedido a su asistente. Quiero que admita que sabía que a ti nunca se te informó.

—¡Siéntate y en silencio! —grito, a pesar de que no se ha movido.

Hay algo que me preocupa, necesito unos minutos para aclarar mis ideas. Intento recordar algo que dijo Lou, ¿o fue el profesor Brill?, o tal vez lo leí en tu libreta. Intento darle forma a algo que en estos momentos no estoy seguro de lo que es. Si al menos tuviera tiempo de pensar.

—Siéntate en silencio —vuelvo a gritar.

Lou dijo que estaba convencida de que todos lo sabían. El profesor Brill dijo que era evidente que esperabas algo...

—Era ridículo. —JR irrumpe en mis pensamientos—. ¿Quién iba a creer que podíamos subir a cuarenta y siete personas a ese muro al mismo tiempo? ¡Qué ingenuo!

Me pongo tan furioso que avanzo un paso y le doy con fuerza en la pierna, luego en el culo, que ha vuelto hacia mí intentando protegerse. Tengo que emplear todo mi autocontrol para detenerme. Así pues, conoce la cifra precisa.

—¡Antes ya has reconocido que eras tú el que debería habérselo contado y que no lo hiciste! —Hablo en voz baja, cargada de odio. Ya no necesito gritar—. Cancelaste la acción, pero no se lo dijiste. Y para colmo, ¿finges que pensabas que otro se lo había dicho?

No responde, y yo casi escupo de la rabia al continuar:

—Dejar que el mundo creyera que era tan fanática que llegaría a dejarse desfallecer y morir en ese muro...

—De verdad que creía que se lo dirían. Estaba seguro de que lo harían. ¿Cómo no iban a hacerlo? En todo caso, ella no habría esperado durante días a una señal que tendría que haber llegado en cuestión de horas...

—¡No, eso es muy fácil! —gruño—. Tú eras el jefe. Y la conocías personalmente. Teníais relaciones. Nadie iba a inmiscuirse y decir nada.

Con una frase rotunda absuelvo a los demás miembros de la organización que estuvieron implicados en los planes. Algunos a lo mejor no te conocían, los colaboradores autónomos contratados, por ejemplo. Pero tus compañeros. Las ocho, diez o quince personas que Lou había dicho que trabajaban como fijos en la organización en esos momentos, es seguro que algunos de ellos no están libres de culpa, pero no puedo encargarme de su proceso.

La fuerza, conozco la fuerza, y es con la fuerza: *El rebaño de su majestad.*

Si hubieran trabajado para mí, no lo habrían hecho.

Pero trabajaban para él y lo hicieron.

Tenías una teoría, siempre tenías una teoría, y esta era que el noventa y cinco por ciento de las personas de un grupo o sociedad dados tendrán tendencia a seguir al uno por ciento que dirige el grupo. Del resto, algunos intentarán participar activamente o, si es necesario, cambiar al líder para mejorar la sociedad, mientras que otros tantos lucharán solo por sus intereses personales, incluso aunque vayan en contra de lo mejor para la sociedad. Lo que llegue a suceder en la realidad depende de cuántos de ese noventa y cinco por ciento se unen al primero o al segundo grupo, y depende siempre y exclusivamente de los valores que se asienten en la cúpula.

No sé si se cumple.

En este caso, puede ser.

Aquellos que nunca partieron no te lo contaron.

Alguien les puso ese límite.

La línea que no se debía cruzar. No fue solo cuestión de oportunidad. Mantenerse en el lado correcto podría haberse visto recompensado. ¿Y tal vez se habría pagado muy caro no hacerlo así?

La diferencia persiste:
Él mostró el camino.
Los demás lo siguieron.

—No olvides que la única razón para ir hasta allí fue probarte algo.

Cuando estoy de nuevo en el coche, con ambas manos en el volante, pienso en las palabras del profesor Brill: «Alguien o algo que no querrás saber».

Lo sé. Ya no tengo elección. Esperabas a alguien o algo. Había aviones, helicópteros, fotógrafos, pero de pronto el espacio aéreo fue cerrado. Esperabas una señal. Ahora estabas, ahora ya no estabas.

—¿Cómo termina el libro, Lou?

Cuando eras pequeña, pensaba en qué tipo de mujer serías cuando crecieras. Ahora me pregunto qué tipo habrías sido. ¿O tal vez es que las chicas como tú nunca se hacen lo suficientemente mayores como para convertirse en mujeres?

Estoy idealizando, desde luego que sí.

Es mejor seguir el camino del destino que el de la tragedia.

Muchísimo mejor que el infortunio.

Quizá incluso mejor que la venganza.

Que el asesinato.
La justicia.

Un hombre lo sabe, Joanna. Si él es o no es alguien que pueda ser realmente amado por la mujer que ama. Aunque nunca lo reconocerá, si no lo es, pero no dejará de saberlo perfectamente. Incluso un amigo. Incluso un padre.

Y este de aquí, ¿sabía que tú nunca lo amarías si llegabas a conocerlo bien?

¿O le entregaste todo tu corazón?

¿Tu cuerpo? A ti.

Quizá. No estoy tan seguro. Al margen de lo que él afirme, Lou dijo que, hasta donde ella sabía, en realidad fue una corta relación, pero que tú no estabas interesada en tener una aventura. Luego se torció. Todo o nada. ¿Cuánto tiempo le diste? ¿Te quedaste con él porque no estaba en situación de poder exigirte totalmente? No, ya lo sé, es demasiado sencillo. Tal vez alguien habría pensado que protegías tu independencia, pero no era así. Tú no eras así. Siempre había una causa profunda, un contenido en lo que hacías, aunque yo no lo comprendiera. Eso me lleva a pensar que tenía que haber una razón para quererlo, ¿pero cuál?

Lo observo con más detenimiento. Su boca levemente torcida, nariz grande, grandes orejas, no muy alto, pero debe de serlo más que tú, de constitución fuerte, esos labios rojos y por último ojillos que me parecen pequeñas fosas oscuras.

Demasiado pelo, gris rojizo, también saliéndole de las orejas. ¿Cómo pudiste amarlo, Joanna?

No creo que lo amases.

¿O es un deseo?

Lou dijo que era así.

Ni siquiera es rico. Poderoso quizá, pero el poder que tiene no sirve de gran cosa. Incluso menos que el mío. Es más bien de tipo influyente, la capacidad de persuasión del activismo organizado. Debió de seducirte con historias idealistas sobre la paz mundial y cosas así. ¿Te dijo tal vez que derribaría ese muro por ti? Que llevaría la paz a la región. Que conseguiría que las autoridades de ocupación se retirasen. ¿Fue eso?

Es el tipo de promesa falsa que haría un hombre así. Justo el tipo de promesa que podría llevarte a hacer cualquier cosa. Incluso amarlo.

Hacer lo innombrable *nombrable.*

Describir lo indescriptible.

Hacer verosímil que lo que se puede comentar también se puede realizar.

Batir de alas.

Vuela, pajarillo, vuela.

Batir de alas, picos graznadores y nada más que risa de gaviotas.

¿Qué querías demostrarme?

Tú, que correteabas por la playa infinita del norte de Selandia a pocos minutos de nuestra casa de verano, levantando con los talones la arena, que brillaba como un torrente de fuego mientras imitabas con los tuyos los movimientos de las gaviotas. No querías atraparlas o cazarlas como hacían los otros niños. No, las observabas pacientemente, sentada en la arena, pensando, y un día comprendí por qué. Trepaste a las dunas y extendiste los brazos a los lados, te lanzaste desde la cima y caíste rodando sobre la arena caliente a toda velocidad, intentando hacer lo que ellas hacían. Volar.

El aire nunca te ha transportado.

Quise explicarte que no estaba hecho para eso.

Pero no te rendías.

Moratones por todo el cuerpo en todos los matices del arcoíris.

Más tarde compararía tus intentos de volar con tu decepción con este mundo. Tus esperanzas, que se quebraban, se quebraban, se quebraban.

Y luego este hombre. No tengo ninguna duda de que pueda haberse enamorado de ti, de que podía poner a los Territorios Ocupados en la agenda mundial. De una forma real. Racionalización de la realidad. Hechos y lógica, y después justicia. Si al menos pudieras organizar la operación en el muro. Después la atención podría haberla asumido HRAW, usándola para establecer un debate honesto sobre lo que ocurre en esos territorios. Sé que eso era lo que querías obtener. No es algo que me haya contado Lou. Estaba en tus notas, en tu ensayo.

Tu cuerpo, que rueda, magullado, se golpea duna abajo, una y otra vez.

Buscabas algo y, cuando te dabas cuenta de que allí no estaba, seguías tu camino. No estoy seguro de haber comprendido qué era *eso*, salvo que tenía que ver con algún tipo de *justicia* consustancial a cualquier situación. Más que ley, más que poder, un sentimiento de lo correcto. No religioso, no ideológico, no, parecía que creyeras que de algún modo venía dado por la naturaleza: solo exigía coraje, honestidad, carácter, tenacidad, algo mayor de lo que podía abarcar lo convencional, mayor que lo ordinario, mayor que el momento.

Mayor que lo que nunca fue posible en el mundo real, Joanna.

¿Qué era lo que buscabas y no encontrabas, Joanna?

¿Por qué el mundo te defraudaba como para tener que comenzar, una y otra vez?

Solo este hombre no te defraudó.

Hasta que lo hizo.

Y trepaste a ese muro.

¿Qué era lo que querías demostrarme?

No te mentí, Joanna. Nunca te prometí nada que no pudiera cumplir.

—Eras mi padre —dices.

Suena un timbre en la oscuridad, otra vez, justo cuando vuelvo del cementerio y empujo la puerta de la habitación del hotel. ¡El teléfono! Busco a tientas el interruptor en la pared, enciendo la luz y saco el móvil de mi bolsa.

Es Lou. Dejo que suene, tres, cuatro, cinco veces, espero a que salte el contestador. Deja un mensaje.

—Conseguí hablar con el guía —dice su voz entusiasmada—. Al que llamábamos era el número de su hermana, donde vivía entonces, pero recibió el mensaje y me ha telefoneado. ¡Fuegos artificiales! —Suena como si le faltara el aire—. Era eso lo que esperaba. No conocía todos los detalles del plan, pero sabía que Joanna esperaba que hubiera fuegos artificiales en un lugar determinado; se suponía que sería el festejo de una boda o un aniversario, y algo de que diferentes colores significarían cosas diferentes. No sabía con precisión qué, no habían hablado de eso. Pero es totalmente seguro que ella contaba con esa pirotecnia. Solo que nunca llegó. Él no sabía por qué. Pero no aparecieron. Por eso se quedó subida al muro.

Estoy a punto de devolverle la llamada. Para

oír los demás detalles que pudiera haberle dado, para oír su voz. No lo hago.

Si la situación hubiera sido otra, me habría casado con ella.

Fuegos artificiales. Por supuesto.

Algo que pudiera verse a distancia y que pudiera pasar fácilmente por una celebración de una fiesta cualquiera en algún lugar.

Algo llamativo.

Algo normal.

Colorido.

Aunque he dormido solo un par de horas en casa de Lou, no tengo ninguna intención de irme otra vez a la cama.

Son las 4.33 y estoy totalmente despierto. No hay razón para dormir.

Me quito la ropa, sucia y rasgada por la excursión al cementerio, y voy derecho al baño. Empaqueto las últimas cosillas. Luego me siento en la única silla de la habitación. Balanceo las piernas adelante y atrás. Hay una impaciencia en mí, un sentimiento de una cierta incomodidad, que no había experimentado nunca.

Pienso en Lou. Dejé tu libreta y el resto de los documentos en su casa. Pasamos cinco días juntos, casi sin interrupción.

Amantes, investigadores.

Es cierto y no es cierto.

Follamos. E investigamos.

Follamos de manera salvaje, sin fin, apasionada y sudorosa, experimentando formas que nunca antes había probado. Creo que ella tampoco.

A veces nos amábamos. Creo.

E intercambiamos pistas sobre ti.

Llevaba haciéndose preguntas desde el momento en que te caíste.

—Escribí los libros —dijo—. Y tú los encontraste.

—Escribiste los libros —dije—. Yo te encontré.

Justo a las seis, recojo mis bolsas y bajo la escalera, como un rápido tentempié y bebo un café en el restaurante del hotel, todavía vacío; salgo al aparcamiento y meto el equipaje en el coche.

Giro la llave, pongo en marcha el automóvil y me adentro en la oscuridad, mucho antes de que la noche invernal se convierta en penumbra.

—Sí, tienes que admirarla —dice irrumpiendo en mis pensamientos—. Era del tipo de personalidad que no puedes dejar de admirar.

Mi largo silencio parece haberlo hecho renunciar a eso de *algo que querías demostrarme*. No sé si de todas formas debo investigarlo, intentar averiguar qué es lo que quiere decir, o si solo es algo que se le ha ocurrido y de lo que puedo olvidarme.

Niega con la cabeza.

—Pero era una romántica. Nadie puede sobrevivir si se comporta así. Y fue demasiado lejos. De esa forma, ella misma eligió su muerte, ni los soldados ni las fuerzas de ocupación. Y desde luego, no yo.

Las alas de las gaviotas baten el aire.

Levanto la pistola y le apunto a la cabeza, luego al corazón, vacilo entre los dos.

—Sabes que habría dado mi vida por ella, si pudiera.

Y pensar que hasta ahora no había conocido el poder de un arma.

—Lo que quería mostrarte... —Habla rápido, como si intentara distraerme—: La idea era mostrar que las palabras solo significan algo cuando tras ellas hay buena voluntad. La credibilidad...

Asiento. No es tonto, ha conseguido captar mi atención.

—Si no...

Entonces comete un fallo:

—Si no, no significan nada, entonces solo queda la acción...

Para el caso, podría haberme pedido que le disparase.

Palabras, palabras, toda mi vida está edificada con palabras. Pero ahora mismo, no sé dónde encontrarlas, aunque lo intentase. Palabras como *resolución de conflictos*, *tregua*, *compromiso*, *perdón* han desaparecido. Las palabras me han abandonado, igual que tú, me habéis dejado varado aquí, a la orilla de un río con una pistola en la mano.

Un asesino en ciernes. El asesino de tu asesino. ¿Hacía el amor contigo como un hombre enamorado, Joanna?

Mira, es una última cosa que quiero saber. Como padre de una hija asesinada. Pero no se lo pregunto.

—La señal —digo en su lugar—. Háblame de la señal.

Flap, flap, responde el viento.

Sus ojos se mueven nerviosos, incómodo.

Ya sé que está sopesando sus posibilidades: la ira que se encontrará con la respuesta sincera, frente a la ira que se encontrará con la mentira. Es enervante, él es enervante.

Le apunto a la cara.

—Hablar es enervante —quiero decir, pero en su lugar, pongo el dedo en el gatillo, avanzo un paso y me voy aproximando para hacerlo retroceder, paso a paso, hacia el agua.

Exactamente, así es, quiero que caiga al río cuando le dispare.

Ya veo su cara reventada, el cuerpo desplomándose entre el cloquear del agua, el cerebro saliéndosele, rojo, rojo y blanco y luego agua, solo agua que lo lava todo.

Tú, que caíste del muro.

¿Era eso lo que intentabas probarme?

—Háblame de la señal.

Ya ha llegado al borde del agua. Un paso más y estará metido en el río.

—¿Qué señal? —dice al principio, pero de pronto parece cambiar de idea, dándose cuenta, tal vez, de que ya no tiene nada que perder o quizá es que ya ha agotado su cupo de mentiras, no lo sé. Lo que sí sé es que no tengo el ánimo para mentiras. Lo he sorprendido con todo lo que sé. También en este caso tengo la respuesta y se me notará en el rostro, o puede que al empapársele un calcetín en el agua helada ya no quiera dar más rodeos y empieza a hablar con lentitud, con mucha lentitud.

—Fuegos artificiales —dice—. Fuegos artificiales. Sonará sencillo, tal vez, pero era lo único que podía funcionar. Una fiesta, una boda, un nacimiento, en los Territorios Ocupados esas cosas siempre dan la ocasión para algo de pirotecnia sin despertar recelos. —Vuelve a soltar esa tos irritante—. Se le ocurrió a la propia Joanna. Los puntos exactos en los que debían desarrollarse las celebraciones para que todos los del muro pudiesen ver al menos una de las coloridas señales. Por lo que recuerdo, necesitábamos algo así como quince lugares. La mayoría de los fuegos los verían varios manifestantes en el muro... Eso demuestra lo reducido que es el territorio. —Titubea por un momento, mira al cielo y luego continúa—: *Verde* quería decir «Baja, hemos ganado». *Amarillo* significaba «Valorad la situación *in situ*». *Rojo* era «Permaneced en el muro». Contábamos con tener que usar solo el verde...

Me cuenta más de lo que yo sabía. Como si por fin quisiera aliviar su conciencia, y no estoy totalmente seguro de cómo reaccionar ante este súbito cambio de rumbo.

—Has dicho que tú organizarías los fuegos artificiales, ¿no? —tanteo—. ¿En las quince ubicaciones?

Por un momento va a negar con la cabeza, pero luego asiente; parece haber renunciado de repente y sin reservas a seguir mintiendo para defenderse. No estoy seguro del motivo, pero me ablanda, como si al reconocer una culpa que aún no está probada, estuviese también solicitando de forma implícita mi perdón.

—Ella confiaba en que tú organizarías los fuegos artificiales, ¿no es así? ¿Era esa la señal que estaba esperando? —le pregunto con toda tranquilidad.

Ya no necesito una respuesta.

Quería estar seguro. Ahora ya lo estoy. Ya puedo matarlo.

¿Debo hacerlo? ¿Lo haré?

La embajada cree que estoy de vacaciones en Virginia. El profesor Brill piensa que he regresado a Europa. A Lou le he contado que tengo que volver a Berlín, pero que no tardaré en estar de regreso en Lexington. He llamado a Christine para decirle que me quedo en Lexington unos días más de lo que tenía previsto. Que la llamaría pronto.

Y eso es lo que podría hacer.

Llamar y cortar con Christine.

Quedarme con Lou... si ella me quiere.

Revelar al mundo lo que sé, lo que sabré al final del día. Y dejarlo así.

Qué locura. Es una idea descabellada, y solo de pensarlo un sudor frío me recorre la espalda y vuelven los picores. Los dedos se clavan en el volante con tal fuerza que me duelen los nudillos.

Casi es como si sopesara sobrevivir.

No es así.

Al margen de lo que diga, en ninguna circunstancia le va a servir ante el tribunal. Tampoco te va a traer de vuelta. Tal y como está el mundo hoy, ni siquiera estoy seguro de que vaya a tener ningún efecto sobre la opinión pública. Hoy en día todo se puede tergiversar como desee el que más dinero, más poder tiene.

El engaño no es un crimen.

Ni siquiera es uno de los siete pecados capitales.

Debería serlo.

Mi respiración se hace más lenta, se va normalizando, el picor desaparece.

No tengo duda de lo que tengo que hacer.

Veo ocultarse la luna y las colinas tornarse de un juguetón azul oscuro, mientras recorro el paisaje de la temprana mañana por las estrechas revueltas de la carretera que lleva a la cabaña de pesca.

Pienso en las luces nocturnas de París, que tanto amo, en Christine. No habría ninguna razón para cortar con ella, porque no estaré allí. Quién sabe si se pondrá triste, sorprendida, conmovida. Sea lo que sea, seguro que no lo demuestra. No, no soy justo. La pobre, perfecta Christine.

No volveré a ver estas hermosas colinas.

No me siento apenado, solo decidido.

Quería saberlo. Ahora lo sé. El resto me lo contará él.

En Lou no pensaré.

Va a ser un día claro. Inusualmente cálido. Me alegro de haber comprado una provisión extra de agua.

¿Quién sabe cuánto tiempo llevará?

¿Por qué no bajaste sin más, Joanna?

Si todavía estuvieses viva, ¿podríamos haber sido amigos?

Creo que sí. Si no hubiera sido tu... lo que fuera. Quizá incluso me habría llegado a caer bien. Pensar en él como una especie de colega, un alma gemela, una persona en el mismo camino, en la misma dirección, pero con diferentes medios. Yo, el diplomático flexible, el negociador incansable, siempre impecable; él, el activista ardoroso, el audaz impetuoso que proclama la verdad ante el poder. Así me gustaría imaginarlo, y luego, por supuesto, la tontería extravagante que siempre rodea a estos tipos, el aspecto de gurú: los vaqueros deshilachados en lugar de un traje, la camisa de lino blanco ligeramente arrugada y abierta como si acabara de llegar de la sabana africana. El Land Rover por las calles de Manhattan.

Bueno, todo eso es parte del conjunto.

Así son estos tipos.

Una concepción diferente, pero no menos teatral que la nuestra, los diplomáticos de todo el mundo, maestros trajeados de la sustancia implícita, la charla intrascendente y los gestos simbólicos.

Qué irónico que los dos creamos en la conversación. Creíamos, me corrijo a mí mismo. Él combina la palabra con el activismo, y con la política simbólica internacional y el dinero, que alguna vez puede mover montañas. Admitido: en demasiadas ocasiones solo movíamos ovejas de un campo al siguiente, y cuando necesitábamos un perro pastor, sabíamos exactamente cómo podíamos canalizar proyectos y recursos hacia organizaciones como HRAW.

Todos tenemos un papel que desempeñar. Y por eso podemos respetarnos unos a otros. Mientras sigamos las reglas y nos atengamos a nuestros personajes. Siempre que nadie se salga de lo suyo.

Dejad de meteros en los papeles de los demás.

Dejad de inmiscuiros en los intereses de los demás.

¡Dejad de tocar a las hijas de los demás!

Ese es el trato.

Y él lo rompió, se propasó contigo.

Por eso debe desaparecer.

Agito la pistola en el aire y lo hago retroceder un paso más. Tiene el pie apoyado justo en el borde del río. La corriente le salpica el talón con unas pocas gotas. Pienso en Lou.

No tengo por qué morir. Él debe morir, yo no.

¿Quién ha tenido nunca una oportunidad así? ¿Poder matar al asesino de su hija y estar en disposición de salir impune?

Nadie nunca sospechará de mí, acabo de darme cuenta. Hace mucho tiempo que te caíste. Y justamente porque en los archivos no hay nada sobre HRAW, nadie relacionará la caída de la joven radical desde el muro de los Territorios Ocupados con el asesinato a tiros del líder de HRAW en las colinas cercanas a Lexington, Virginia.

Es seguro que él no ha hablado a nadie de nuestro encuentro. En primer lugar, le pedí que no lo hiciera; no quería que la gente, los viejos amigos supieran que yo estaba en la ciudad, le expliqué. Y además, nunca lo haría, pues no hay duda de que desea mantener en secreto todo lo relacionado contigo y con él. No en menor medida ante su mujer.

Volvía de una excursión y me lo encontré, a JR, muerto a tiros, puedo decir.

Podría parecer un robo.

O un ajusticiamiento. Una ejecución. Es fácil imaginar que haya muchos grupos ilegales o Gobiernos autoritarios que quieran quitárselo de en medio. Cárteles de la droga de México, Perú, Colombia. Los birmanos. El Gobierno chino. Putin. Etcétera. No es ni mejor ni peor que muchos otros en su posición. Alguien ha querido darles una lección. Quizá la industria química, la farmacéutica. Por no hablar del petróleo y el gas y...

La única pregunta es: ¿quién llegó a él primero?

La pistola.

Pueden rastrear la pistola, aunque me deshaga de ella. ¿No los llevaría el análisis balístico hasta Walmart y hasta mí? Pero para eso también tengo respuesta: dejé la Glock en la cabaña mientras pescaba en la parte alta del río.

Alguien la habrá encontrado, cogido y usado. Un ladrón al que sorprendió. Con guantes, claro.

¿O tal vez se suicidó? Una depresión de la que nadie tenía conocimiento. Desde cerca, tan cerca que podría haber sido él mismo. Sus huellas ya están en la empuñadura.

O un disparo por la espalda, mientras corre sendero arriba. Habría sido entonces allanamiento de propiedad privada, lo confundí con un ladrón. Aquí esas cosas ocurren.

Hay muchas posibilidades.

Dejaré que las circunstancias lo determinen.

No tiene sentido.

Está la llamada.

Aunque sea él quien me llama al hotel, averiguarán pronto que habíamos hablado.

Lo que mejor funcionará será que se sentía amenazado porque yo estaba investigando tu historia. Sus huellas dactilares están en el arma. Podría haberla cogido de la cabaña. Conseguí hacerme con ella...

Lo observo. Suda, se mueve preocupado, más tenso de lo que lo he visto la mayor parte del día.

Sabe que algo ha cambiado. Que algo está cambiando justo ahora.

El agua del río salpica su zapato.

Ojo por ojo.
Yo tengo la pistola.

Joanna, ¿qué quieres que haga?

Dispara, susurra el viento. ¿O eres tú?

Cuando recorro los últimos kilómetros por las colinas boscosas y la noche invernal pasa del negro carbón al gris oscuro de la mañana, varias caras pasan ante mis ojos. Tú. Tu madre. Christine. Él. Hombres mucho peores. Yo. ¿De qué me va a servir matarlo, siempre habrá otro? Ni siquiera es el peor. Todo lo contrario.

No es cierto, no hay lugar en mi mente para la idea de que pueda ser cierto.

La justicia no es venganza.

Es ojo por ojo.

Sin justicia habrá siempre uno más. Es a eso a lo que debo aferrarme.

Tú nunca vas a volver.

Te arrebató la vida.

Lou. Un lugar suave.

Cuando pienso en ella hay suavidad. Solo suavidad. Pero no tengo derecho a la suavidad, no ahora. La suavidad es como traicionar a lo que aún está por hacer.

Si no lo hago, hoy, ahora, se escapará.

Nunca tendrá ninguna consecuencia para él.

No habrá juicio, no habrá confesión lacrimosa, no habrá vergüenza pública. Ni cárcel. Ni remordimientos.

Habrá solo un antiguo asesinato con el que nunca será asociado.

Tu asesinato.

La carretera se encuentra con el río a la derecha y discurre paralela a él mientras la noche se convierte en mañana gris oscuro. Pero aquí, bajo los árboles, aún no se puede adivinar casi nada fuera de la luz que arrojan los faros del coche, solo emergen los troncos o un reflejo del agua cuando, en alguna ocasión, la luz ilumina el río en una revuelta del trazado. Me aproximo a la cabaña y conduzco más despacio para no saltármela. No utilizo el GPS, me he aprendido el camino de memoria. Aquí está la curva, reduzco aún más, giro con cuidado a la derecha para entrar por una pista casi invisible entre los árboles. Recorro muy lentamente los pocos cientos de metros y llego al pequeño claro cubierto de grava donde aparco el vehículo. Hay mucho sitio; hoy solo vendrá un coche más.

He alquilado la cabaña de pesca para toda la semana, aunque sé que solo la necesitaré hoy. En cualquier caso, estoy seguro de que nadie subirá por aquí durante un tiempo, probablemente durante meses, si no he entendido mal. Me sabe mal por el propietario que encontrará los cuerpos. Pero tal vez no, tal vez un pescador local nos encuentre. También me aseguraré de hacerlo fuera para que no haya sangre que limpiar dentro de la cabaña. Parece que el dueño casi nunca viene por aquí.

Llevo la comida y los enseres hasta la cabaña. Aunque no hay ni un alma cerca, me esfuerzo para que todo parezca muy normal y creíble. Voy a pescar al río, por si alguien pregunta.

Que no cunda el pánico.
De ningún modo.
Sé lo que tengo que hacer.
Y cómo hacerlo.

Mientras saco la comida, meto la cerveza y el queso en la nevera y preparo café en la vieja cafetera agrietada, el absurdo me parece total y absoluto. Para usar tu lenguaje: si el Tercer Pueblo no hubiera matado a tantos del Segundo Pueblo, y si el Cuarto Pueblo no hubiera regalado la tierra del Primer Pueblo al Segundo Pueblo sin las debidas condiciones de jurisdicción y justicia para todos los ciudadanos de ese territorio, tú seguirías viva. Y yo no estaría aquí cargando una pistola mientras intento decidir si matar o no al responsable.

Este es el tipo de pensamientos inútiles que no me puedo permitir. El tipo de pensamientos que antes nunca habría dejado que mi cerebro produjera.

¿Pero tal vez en un padre desconsolado se admiten los pensamientos inaceptables?

Solo en la mente.

Solo en un padre desconsolado:

Sin Estado, sin muro, sin hija muerta.

Sin venganza.

Invierte esa lógica y justificas el genocidio, dirías. La terrible y fatal lógica del ataque preventivo.

Aquí es donde entra la diplomacia.

¿La razón?

¿Por qué no bajaste, Joanna? Tengo ganas de golpearme.

Sé lo que tengo que hacer.

Tengo que hacer que hable.

Tengo que conseguir las últimas respuestas que faltan.

Tengo que estar seguro.

Tengo que lograr que confiese.

Tengo que dispararle y luego girar el arma y dispararme a mí mismo.

He planeado esto durante semanas, meses.

Tal vez años.

Sé lo que tengo que hacer.

También las palabras pueden matar. Incluso las no pronunciadas.

Extiende las manos ante él como si así pudiera desviar las balas, retrocede un paso más y mete uno de los pies en el río. Cuando, con un grito, lo levanta rápidamente por el frío, se me presenta por un instante tan vulnerable, tan inofensivo, que vuelvo a pensar que podría no dispararle.

No dispararme a mí.

Casi se me cae la pistola de la mano, la aferro con más fuerza.

Mi primer pensamiento no eres tú, sino Lou.

Luego tú.

No, no tendré piedad.

No con él. Tampoco conmigo.

—No olvides que trepó allí solo para demostrarte algo —dice. Ahí está otra vez.

Sé exactamente qué:

Solo la negociación cuenta.

El aire guarda silencio, el viento se ha calmado. Las ramas no suenan. El río no ríe. Incluso los pájaros han callado.

Te veo allá arriba, con los brazos extendidos a ambos lados, la camiseta amarilla. Recuerdo las palabras:

Los muros son la guerra.
Las palabras son la paz.

Algo está mal. No tiene sentido. Contra mi voluntad, me siento obligado a preguntarle de todos modos.

Me mira como si lo sorprendiera que aún no haya disparado y siga hablando.

—Lo que ella quería decir es que las palabras y las acciones deben ir juntas —dice con calma—. Que las palabras no tienen sentido si no van unidas a la acción. Pero también que la acción no puede lograr mucho sin ir seguida de palabras.

No hay justicia para los muertos, la justicia es para los vivos.

¿Qué quieres que haga, Joanna?

Podría dispararle en la rodilla izquierda. Mira, un hombre cojeando de la pierna izquierda, podría decir la gente. Él la amaba, y la destruyó, pero luego el padre la vengó. El hombre que cojea de la pierna izquierda.

Yo también podría dispararme en la rodilla.

Cierro los ojos, inclino la cabeza hacia atrás y vuelvo a abrirlos. Las únicas palabras que existen son las que llevan por el cielo las gaviotas, que no son gaviotas, sino gorriones: se ríen de nosotros aquí abajo. De nuestra impotencia.

¿Qué harías tú, Joanna?
¿Qué habrías querido que hiciera?

¿Qué hago?

Primero, apoyo la cadera en el sólido tronco del roble para estabilizarme.

Sostengo la pistola frente a mí, a la altura del hombro, un poco torpemente, pero ya no siento la mano desentrenada. No tengo ninguna duda de que un disparo lo alcanzará y lo matará, está a solo siete metros de mí.

El metal está caliente y es muy ligero.

Sé lo que tengo que hacer.

No sé por qué dudo.

Es culpable. Ha confesado.

Ojo por ojo.

Miro hacia el olmo, el débil gorrioncillo sigue posado en la rama. Una ardilla corre por el suelo, otra la persigue. El río cloquea. Los últimos rayos del sol de la tarde caen entre las ramas y juegan con las sombras del suelo cubierto de hojas.

—Mira —dice—. Esto no solucionará... No la traerá de vuelta. Sé que debería haberla llamado, no debería haberla dejado creer que... —Habla con agotamiento en la voz—. Lo siento, de verdad, ojalá la hubiera llamado.

Con la mano izquierda, palpo ligeramente el bolsillo de la chaqueta y compruebo que el teléfono sigue ahí, sigue grabando. Sus palabras están ahí para que el mundo las oiga. Me apoyo con más fuerza en el roble, siento el extremo de una rama clavándose en mi muslo mientras le apunto con la pistola directamente a la cara y luego al pecho. No, prefiero la cara, en cierto modo es más limpio.

¿Y si no disparo? Lo dejo correr, oigo sus pisadas colina arriba.

Lanzo el arma al río.

Grito: «¡Por Dios, lárgate de aquí!».

Estoy casi decidido a hacerlo cuando a lo lejos, al otro lado del río, muy por encima de las montañas, oigo el estallido de los fuegos artificiales y veo primero una, luego muchas, cinco, seis, siete estrellas que explotan verdes en el cielo, una celebración tardía de Acción de Gracias o quizá una boda. JR gira la cabeza, luego se endereza y exclama:

—¿Por qué no bajó?

Disparo. Una, dos, tres, cuatro, cinco, seis veces, y cae hacia atrás, con los brazos extendidos a los lados, y golpea el río con un enorme chapoteo.

Batir de alas.

Los pájaros llenan el aire y desaparecen.

El resto es como una película muda en blanco y rojo, que desaparece en el remolino del río y que ya he visto infinidad de veces en mi cabeza.

Miro hacia el viejo olmo, el débil gorrioncillo

ha saltado ligeramente hacia la izquierda. Pero sigue ahí. Ahora despliega sus alas en más tonos de azul oscuro y gris de los que puedo contar, como probando su fuerza, como esperando algo.

Con la mano izquierda levanto el teléfono, lo más alto que alcanza mi brazo, y lo agito de un lado a otro casi como una banderita blanca, gritando a pleno pulmón:

—Vuela, pequeña. Vuela.

Y echas a volar.

Luego lanzo la pistola al río, lejos, y me tumbo en la tierra húmeda.

Desde aquí puedo ver los seis orificios de bala en el tronco del pino.

Desde aquí oigo sus pies corriendo por el sendero que lleva a la carretera.

Queda la verdad. Queda Lou.

VII

¿AHORA ESTÁS ORGULLOSA?

¿Estás orgullosa de mí ahora, Joanna?

NOTA

Téngase en cuenta que, tras las protestas por el asesinato de George Floyd y las manifestaciones del movimiento Black Lives Matter, el cementerio conmemorativo de Stonewall Jackson en Lexington, Virginia, fue rebautizado en septiembre de 2020 como cementerio de Oak Grove por votación unánime del Ayuntamiento de Lexington. Que se utilice en este libro el nombre antiguo en lugar del nuevo es puramente por precisión histórica, cuya problemática inherente también refleja algunas de las otras injusticias geopolíticas históricas y actuales de las que trata el libro. Por supuesto, estoy claramente a favor de cambiar el nombre del lugar por el de cementerio de Oak Grove.

ÍNDICE